어디에 있든
무엇을 원하든

# 어디에 있든
# 무엇을 원하든

홍영옥 소설집

개미

# 오줌싸개 키 쓰고 소금 얻으러 가기

부끄러움 무릅쓰고 소금 얻으러 이웃집 대문 앞에 선 두려움이다.

초등학교 때 언니 친구 집에 따라갔다가 처음으로 빨강머리 앤 동화책을 읽게 되었다.
막연하게 작가가 되고 싶다는 씨앗을 품게 되었다.

언젠가부터 가슴속에 언제나 안개가 가득했다.
분명 광화문 거리를 배회했다.
아무 생각도 하지 않았다.
다만 느리게 아주 천천히 걸었다.
저녁 어스름에 해가 뉘엿뉘엿 저물어 갔다.

어디에 있든 무엇을 원하든

모국을 찾아보려고 주변을 이리저리 둘러봤지만 말씨와 음식과 언어가 다른 사람들이 모여드는 아주 낯선 거리였다. 어느덧 길을 잃고 내 육신을 뉘일 집을 찾아가려고 애타게 찾아 헤매는 외로운 꿈속이었다.

나의 모국은 어디에 있을까.

나는 어느 곳을 떠돌고 있을까.

마음의 안정도 쉽지가 않았다.

내가 살고 있는 이곳은 세상은 진작부터 외롭고 쓸쓸하였다.

언제나 그 꿈길은 황량하고 삭막하고 아득하기만 했다.


창밖에는 눈부신 가을이 지나가고 있다.

우연한 기회에 소설을 알게 되었다.

소설 쓰기는 내 인생 봄날의 시작이었다.

그때 소설이라는 깊은 글 바다에 머물 수 있는 그리웠던 고향의 정서를 찾아내곤 했다.

존재가 희미해져 가는 절망감 속에서도 그것은 삶의 밑바닥에서 무엇보다 믿고 의지할 수 있는 등불이었고, 구르고 넘어지며 정상을 오를 때까지 절대로 놓지 않는 산꾼의 자일이기도 했다.


어딘가에, 누구에게 글을 보인다는 생각은 십오 년이 지나도록 하지 못했다.

그러던 어느 날, 문득 이 흔적들을 남에게 보이고 싶어졌다.

"문학자는 시대의 증인이고 그 작품은 시대의 증언이기를 소망합니다. 흘러가는 시대의 물살에 오로지 진정을 다해 발효된 모국어 한마디를 징검다리 돌 한 개로 박아 세우고자 합니다. '언어는 정신의 지문'이며, '모국어는 모국 혼(魂)'이라고 믿기 때문입니다"(작가 최명희)라는 말에 절대적으로 공감했다.

충남 홍성이 고향인 내 아버지는 패랭이를 쓴 채 홍성과 예산, 덕산을 오가며 행상하던 등짐장수(보부상)였다. 삼베, 비단, 면 등을 질빵으로 짊어지고 마을을 다니거나 장을 돌면서 물건을 파는 방물장수로 느린 꼬부랑길과 인근 수덕사, 황새공원, 가야산 등 예산의 정겨운 다랑논과 울창한 숲길를 거닐며 무거운 삶의 무게를 어깨에 가득지고 다니셨다.

그 둘째 딸인 내가 미국의 전 지역을 다니면서 한국 가게에다 한국산 면 종류 속옷, 양말, 옷 등을 세일즈 다닌 것도 아버지의 피를 이어받은 때문인지도 모르겠다.

처음 소설 쓰기에 입문하게 해주신 이언호 선생님과 홍승주 선생님, 책이 나오도록 끊임없이 용기를 주신 단국대학교 미주문학

아카데미 박덕규 교수님, 바쁘신 중에도 작품 해설을 해주신 이봉일 교수님, 아울러 오랫동안 고생하신 도서출판 개미의 최대순 사장님께도 깊은 감사를 드립니다.

그리고 언제나 무조건 내 편인 남편, 나의 일부분인 사랑하는 두 아들과 딸, 며느리에게도 고마움을 전한다. 그리고 한글을 못 읽는 손녀딸 마리아가 이 책을 읽게 되기를 바라본다.


시간이 지나도 가슴속 안개는 여전히 뿌옇기만 하다.

나이를 먹으며 생기는 빈자리에 다른 하고 싶은 말들이 계속 쌓여간다.

어딘가 허술하게 보이더라도

어딘가 늘 모자라게 보이더라도

다만 지금까지 그래 왔고 앞으로도 그럴 것처럼

계속 뭔가를 쓰며 살아갈 것이다.


눈이 부시게 푸르른 날, 길지 않으리니!

Orang country의 Seal Beach에서

2018년 11월

홍영옥

# 차례

천사의 도시

나는 쌀뜨물에 담가둔 미역에 현미식초를 떨어뜨렸다. 그리고 거품이 나도록 미역을 조물조물 씻은 후 물이 잘 빠지라고 채반에 올려놓았다. 손이 자꾸 바빠진다. 커다란 냄비에 담겨 있는 잘게 다진 살코기를 가스레인지의 불로 달달 볶다가 탱탱하게 불린 기장미역을 넣는다. 이제 참기름을 둘러 볶아주다가 물을 알맞게 붓고 손수 담근 간장으로 간을 맞추며 자글자글 오래 끓이면 된다. 마치 산모의 초유쯤 되지 않을까 싶은 미역국의 뽀얀 국물이 수민의 원기를 회복시켜 줄 것이다.

# 천사의 도시

*

　사람들은 로스앤젤레스하면 사막 위에 선 빌딩들을 떠올린다. 그와 더불어 뜨겁고 강렬한 햇빛을 가리기 위해 선글라스를 쓴 각양각색의 얼굴들, 그리고 한눈으로 담을 수 없이 끝없이 펼쳐진 바다를 따라 해변을 거니는 사람들의 긴 그림자를 떠올리기도 한다. 이곳의 여름은 일찍 시작되고 오래 지속된다. 오랜 가뭄으로 물이 부족해 주 정부에서는 이웃 콜로라도주에서 물을 사들이고, 집집마다 조경으로 가꾸는 잔디밭에조차 물을 줄 수 없는 법을 시행한다. 이곳 사람들은 이렇듯 척박하고 건조한 땅을 딛고 풍요로운 바다를 바라보며 살아간다. 땀 흘리며 몸은 늘어지는데 시간은 가파른 그런 삶이다. 태양만큼 열정적이고 바다처럼 줄기차게 살아야 한다. 이런 삶을 살기 위해 아메리카 대륙 곳곳, 세계 곳곳에서 무수한 사람들이 모여 들어 있다. 백인, 흑인, 황인종…… 유럽계, 히스패닉, 중국계, 한국계, 베트남계…… 스포츠 선수, 영화배우, 유학생, 관광객, 불법체류자, 노숙자, 원정 출산자…….

이곳은 여름에는 비가 오지 않고, 한 달이나 될까 싶은 짧은 겨울에 그해에 쓰일 비가 모두 내린다. 그 비 내림이 너무도 느닷없어 '도대체 이 비는 어쩌라는 거지' 하고 기이한 혼돈에 사로잡히기도 한다. 그런 겨울이지만 꽃과 나무들은 싱그러운 기운을 잃고 퇴색한다. 하지만 이곳 사람들은 우울해지는 법이 없다. 다운타운의 허공에 장대비가 날린다 싶은 그런 순간, 어느새 스키 장비를 지붕에 얹은 자동차들이 팜츄리 가로수 길을 달려 외곽으로 빠져나가는 모습을 쉽게 볼 수 있다. 다운타운에 비가 내리면 멀리 남쪽 샌안토니오 산은 눈으로 덮이고, 마운틴 하이의 빅베어 스키장은 모처럼 북새통을 이루는 것이다. 그 산에 가끔 조난자가 생겼다는 기사가 뉴스시간을 채우기도 한다. 긴 가뭄과 갑작스런 겨울비, 넘치는 사람과 광활한 자연, 빈곤과 풍요, "Goddam!"과 "Why not?"이 서로 공존하는 이곳을 사람들은 천사의 도시라 부른다. 나는 이 도시에서 여전히 그 혼돈에 빠져 있다.

*

"이모님, 지금 퇴원 준비하고 있어요."

수민의 목소리는 들떠 있었다. 이틀 전 첫 아이를 낳은 산모다. 창밖 풍경에 잠시 넋을 놓고 있던 나는 쌀뜨물에 담가둔 미역에 현미식초를 떨어뜨렸다. 그리고 거품이 나도록 미역을 조물조물 씻은 후 물이 잘 빠지라고 채반에 올려놓았다. 손이 자꾸 바빠진다. 커다란 냄비에 담겨 있는 잘게 다진 살코기를 가스레인지의 불로 달달 볶다가 탱탱하게 불린 기장미역을 넣는다. 이제 참기름을 둘러 볶아주다가 물을 알맞게 붓고 손수 담근 간장으로 간을 맞추며 자글자글 오래 끓이면 된다. 마치 산모의 초유쯤 되지 않을까 싶은 미역국의 뽀얀 국물이 수민의 원기를 회복시켜 줄 것이다.

나는 어느 때보다도 산모의 보약이나 다름없는 미역국 끓이기에 정성을 쏟았다. 기장미역을 불리고 살코기를 볶는 사이사이 삼십여 년 전 한없이 서글프고 막막하던 나날이 떠올랐다. 다시는 발걸음하지 않겠다고 다짐하며 도망치듯 사라지는 기분이 그야말로 죽을 맛이었다. 나는 마음속 여기저기 떨어져 있는 돌부리에 계속 걸려 넘어졌다. 떠나는 사람은 절대 돌아보지 말아야 한다는 오래된 충고를 나도 모르게 내팽개치면서 수시로 고개를 돌렸다. 내 의지와 무관한 반사작용이었다. 내가 되돌아본 그곳에는 해산하고서 미역국조차 얻어먹지 못한 젊은 여자와 손목에 푸른 점이 돋아난 핏덩이가 있었다.

여느 산모와 달리 수민은 까마득히 멀어진 시간 속으로 나를 이끌었다. 그 과거로의 발걸음은 퍽 잦았다. 그동안 산모를 심심찮게 접했는데 수민과 이어진 끈에는 향긋하면서도 알싸한 냄새가 묻어 있었다. 묘한 이끌림이었다. 수민은 출산을 목적으로 한국에서 날아온 산모였다. 호텔 커피숍에서 처음 봤을 때 그녀는 잔뜩 긴장한 상태였다. 만삭의 몸임에도 불구하고 애써 꼿꼿이 서 있는 모습에서 그걸 느꼈다. 하지만 얼굴은 그 반대였다. 긴장감이 걷힌, 멍한 표정의 눈빛이 "내가 지금 믿을 사람은 당신뿐이에요"라고 말하고 있었다. 호칭만이라도 빨리 정해야 마음이 좀 놓이겠다는 듯 "제가 뭐라고 불러야 하지요?" 하며 다짜고짜 물었다. 다른 산모들처럼 그저 편하게 이모라고 부르는 게 좋겠다는 내 말을 수민은 유난히 반겼다. '이모'라는 호칭이 긴장과 불안을 해소해 주는 특효약인 듯 그 단어를 입에 올리는 순간 수민은 활기를 찾았다. 원래 성격이 그런지 그녀는 금세 수다스런 여자가 됐다.

호텔 커피숍에서 만나 산모와 산후조리사로 인연을 맺은 우리는 오렌지주스로 목을 축이고 차에 올랐다. 산모를 맞이하려고 깨끗이 세차한 내 승용차였다. 시원하게 뚫린 도로를 달려 산후 조리원처럼 사용하는 내 콘도에 닿았다. 수민이 거실이며 이방 저방을 살펴보면서 싱글벙글 감탄사를 내뱉었다. 앞으로 자기가 지낼 집안을 보는 순간 어떤 경계가 지워졌는지 소파에 앉아서는 다리를 쭉 뻗었다. 수민의 자유분방한 행동 몸가짐을 보니 나도 안심이 되고 새 식구를 맞은 듯 설렜다.

"저의 남편은 조부모 손에서 자랐어요. 태어나자마자 그분들의 품에서 숨 쉬고, 먹고…… 당연히 엄마의 얼굴도 이름도 모른대요. 내가 이 세상에 태어났는데 엄마가 없다면 어떤 기분일까요. 애초부터 엄마라는 존재를 모르니까 아무렇지도 않을까요? 그래서 전 우리 남편이 가여워요. 형체가 없이 단어로만 존재하는 엄마라니……"

수민이 한숨을 내쉬며 내가 직접 갈아서 건네준 생딸기 우유주스를 조금씩 마셨다. 산모들은 대개 내가 만드는 음식을 좋아했다. 이런 맛을 고향의 맛, 엄마의 손맛이라고 하는 모양이라면서 꿀꺽꿀꺽 잘도 먹었다. 특히 그녀들이 즐겨 먹는 음식은 미역국과 생과일주스였다. 꿀을 한 스푼 넣은 생과일주스는 나만의 비법으로 맛을 낸, 가공 음료에 길들여진 산모들의 입을 홀리는 내 스타일의 수공 음료였다. 수민은 유독 바로 만들어주는 생과일을 넣은 우유주스를 즐겨 마셨다. 수민의 수다는 뭘 먹을 때 꽃을 피웠다. 아이를 임신하기까지의 과정을 들려줄 때는 자기도 모르게 감정이 북받치는지 목소리가 떨렸다. 수민의 시할머니는 광명의 기운이 넘치는 황금돼지띠의 2007년, 올해 꼭 아이를 낳아야 한다며 작년부터 성화였단다. 밝고 환한 기운을 듬뿍 받아야 아이의 인생에도 햇살이 뻗친다는 거였다. 수민 부부는 마냥 임신을 미룰 수가 없어 그게 미신이든 뭐든 이왕이면 시할머니의 말을 따르기로 했다. 그녀는 원래부터 자연 임신이 어려웠다. 별수 없이 인공수정을 선택한 부부는 아이를 갖기 위해 징검다리를 건너듯 한 발 한 발 절차를 밟았다. 처음 수정란 세 개를 이식한 건 실패했다. 부부는 하늘의 뜻이라고 여기며 마음을 다독였다. 그후 냉동 수정란을 이식해서 마침내 수민의 자궁에 귀한 생명을 들였다. 임신에 이르는 여정을 실감나게 들려주는 수민의 얼굴이 발갛게 익어갔다. 사막이나 다름없다고 생각한 자신의 몸에서 생명이 자란다는 사실에 벅찬 감동을 느끼는 것 같았다.

*

이 세상에는 수많은 길이 있고, 사람들은 심사숙고해서 선택한 방향으로 발걸음을 옮긴다. 미국행 비행기에 몸을 실은 산모들이 얻고자 하는 건 바로 독수리가 새겨진 여권이다. 아이의 이름 석 자가 찍힌 여권을 어떻게든 취득해서 반쪽 미국인으로 살게 하려는 것이다. 원정출산이라는 달콤한 유혹에 깊이 빠져든 산모들은 어떤 위험도 감수하겠다는 각오로 비행기를 탄다. 방문 비자 여행객으로 위장하고 말이다. 그 유행은 들불처럼 번졌고 수민도 그런 특별한 여행길에 오른 산모였다.

"우리 아이가 커서 미국으로 공부하러 가면 그 유학비를 어떻게 감당해요. 이만 불 투자해서 한 달만 고생하면 우리 아이가 미국 시민이 되잖아요. 내 새끼한테 물려줄 재산도 없으니 시민권이라도 만들어 주고 싶어요. 훗날 우리 아이가 기름진 환경 속에서 다양한 혜택을 누리고 살 수 있다면 부모로서 더 바랄 게 없지요."

수민은 아이에게 '독수리여권'을 유산처럼 남겨주기 위해 은행 마이너스 통장에 신용카드 현금서비스를 받고, 친정언니한테 돈까지 빌려서 로스앤젤레스로 날아왔다고 했다. 수민의 말처럼 아이가 시민권을 취득하면 미국 공립학교에 진학할 수 있고, 당당한 미국 시민으로서 다양한 혜택을 받을 수 있다. 아이의 장밋빛 미래, 그 화사한 꿈에 벌써부터 대리만족을 느끼는 산모들은 미국에서도 분만 비용이 저렴한 로스앤젤레스로 모여들었다.

"입국 검색대를 통과할 때까지 얼마나 떨었는지 몰라요. 조금의 빈틈도 허락하지 않을 것 같은 나이 지긋한 흑인이 방문 목적을 묻는데 입이 안 떨어지는 거예요. 접착제로 입을 딱 붙여놓은 것 같았어요. 출산 여행으로 밝혀지면 그 자리에서 바로 추방당하잖아요. 삼엄한 감시의 눈을 피해 길을 나선 피난민들의 심정이 이럴까 싶데요. 내 아이를 위해서라면 무슨 일이든 한다! 이렇게 속으로 기압을 주니까 그제야 머릿속에 저장해둔 말이 입밖으로 나왔어요. 검색대를 통과하는데 온몸에서 힘이 쫙 빠지데요. 뱃속 아이도 콩닥콩닥 꿈틀거리고…… 그날을 생각하면 지금도 손에 땀이 나요. 육 개월 체류할 수 있다고 허락한 스탬프를 보고 있자니 눈시울이 뜨거워지더라고요. 진짜 엄마가 된 것 같았어요."

나는 시간이 갈수록 수민의 이야기에 빠져들었다. 어떤 날은 이야기를 듣다가 점심 챙겨 먹이는 걸 잊기도 했다. 원정출산이 목적인 산모가 공항 검색대를 통과하는, 산모들에게나 스릴 넘칠 이야기야 지겹게 들었는데 수민의 경우는 달랐다. 마치 처음 듣는 것처럼 새로웠고 "그래서 어떻게 됐는데?" "흑인 눈빛이 어땠어?" 하며 맞장구까지 쳤다. 내가 마치 검색대 앞에 서 있는 수민이가 된 듯 완벽한 감정이입이었다. 이즈막에는 산후조리가 아니라 수민의 출산 스토리를 듣기 위해 밤낮 붙어 있는 것 같은 기분이 들기도 했다.

*

　어젯밤 수민은 분만실에 있었다. 그녀는 예닐곱 시간 동안 진통과 싸웠다. 나도 분만실에 머물면서 그 고통을 끝까지 지켜봤다. 마치 내 딸이 자식을 낳는 것처럼 가슴을 졸였다. 수민은 이를 악물고 진통을 견디면서도 내가 있는 쪽을 자주 쳐다봤다. 나는 그때마다 여기서 한 발짝도 움직이지 않겠다는 듯 수민을 향해 고개를 끄덕였다. 몸이 바스라질 것 같은데 이상하게 머릿속은 명료해진다면서 수민이 파리한 손으로 내 허리를 휘감았다. 내가 담벼락이고 수민이가 담쟁이덩굴인 듯한 그 밀착감에 명치께가 뜨거워졌다.

　"자아! 두 손은 허벅지를 꽉 잡아요. 이제부터 아주 세게 푸시해야 해요."

　"옳지, 옳지, 잘하고 있어요. 그렇지, 그렇지. 그렇게."

　"한 번 더, 더, 세게, 더, 그렇지, 다시 한 번만 더."

　"오우! 잘했어요! 아주 잘하고 있어요."

　두려워하지 말고 나만 믿으라는 듯 의사가 기운찬 목소리로 산모를 이끌었다. 수민은 의사의 지시대로 허벅지를 꽉 잡고는 힘을 쏟아냈다. 내 배가 뒤틀리는 것 같았다.

　"이모님, 남편한테 전화 좀 해주세요. 지금 분만실에 있다고

요."

"그렇잖아도 벌써 통화했어. 아기 아빠가 멀리서 응원하고 있으니까 조금만 더 힘을 내. 아유, 이 땀 좀 봐."

나는 수민의 손을 잡았다. 뜨겁고 축축했다. 수민의 등을 어루만지듯 쓸어내리자 이번에는 산모의 눈이 촉촉해졌다. 의사가 작은 막대를 들고 톡톡 분만대 모서리를 두드리며 이글스의 음악을 흥얼거렸다. 웰 컴 투 더 호텔 캘리포니아! 분만실에는 한국인 간호사, 필리핀 간호사 그리고 닥터 장이 있었는데 익숙한 일이라 그런지 그들은 덤덤한 표정으로 산모를 다뤘다. 마침내 태아의 까만 머리가 살짝 보이더니 몇 번 들락날락했다. 닥터 장이 아이의 머리를 오른쪽으로 돌리는가 싶더니 눈 깜짝할 사이에 핏덩이가 쑤욱 미끄러지듯 나왔다. 드디어 생명이 탄생한 것이다. 고통스런 산도를 뚫고 피투성이가 되어 나온 아이는 손을 허우적거리며 파르르 떨었다. 의사가 탯줄을 잘라 동여맸다. 아이의 울음소리가 우렁찼다. 수민의 볼을 타고 눈물이 줄줄 흘러내렸다. 생애 가장 감격적인 순간일 테니 저절로 감정이 북받쳤을 것이다.

"이모님, 아기 손발은 정상이지요?"

"그럼, 갓난아기 손은 어쩜 이렇게 예쁠까. 신생아 손을 그렇게나 많이 봤는데 볼 때마다 신기하고 신비해."

닥터 장이 미소를 흘리며 수민의 품에 생명체를 안겨줬다.

"아기를 꼭 안아 주세요. 엄마의 심장 소리를 들어야 아기가 뱃속인 줄 알고 마음을 놓아요."

닥터 장은 한국에 뿌리를 둔 의사다. 오래전 미국으로 건너와 의사가 됐는데 유쾌하고 친절해서 산모들이 좋아한다. 한국의 산모들에게 유독 다정한 걸 보면 고국이 그리워서 그런가 싶기도 하다. 닥터 장이 수민에게 안겨준 경이로운 생명은 손짓, 발짓으로 존재감을 드러내며 앙앙댔다. 수민은 남편에게 아기의 울음소리를 들려줘야 한다면서 휴대전화를 찾았다.

"오빠, 지금 막 우리 아기랑 만났어. 응, 아기도 나도 모두 건강해. 아기 울음소리 들려? 얼마나 씩씩하게 우는지 몰라. 아기가 오빠랑 꼭 닮았어. 붕어빵이야, 붕어빵."

간호사들이 아기의 몸무게, 머리둘레, 키를 재어 서류에 적고는 발바닥 도장을 찍었다. 아기에게 배냇저고리를 입히고, 얇은 포대기로 감싼 후 앙증맞은 모자까지 씌웠다. 간호사가 다시 아기를 산모에게 안겨줬다. 아기는 수민의 품에서 금세 잠이 들었다.

"아가, 나오느라고 힘들었지. 이제부터 엄마는 너를 위해 살 거야. 니가 원하는 것이라면 뭐든지 해줄 거야. 넌 건강하게 자라주기만 하면 돼."

이제 마지막으로 산모의 뱃속에 남아 있는 태를 꺼내야 했다.

의사는 능숙한 손놀림으로 핏덩어리를 플라스틱 양동이에 쏟아 냈다. 그리고는 아기가 방금 빠져나온 길을 꿰매려고 바늘을 집었다.

"이제 다 됐어요. 아이 낳느라고 수고 많이 했어요. 건강하게 잘 키우세요."

닥터 장이 웰 컴 투 더 캘리포니아를 흥얼거리며 경쾌하게 걸어 나갔다. 생명이 탄생하는 순간이면 나는 언제라도 울컥했다. 수민의 출산은 한층 더 감격스러웠고 아울러 깊은 감회에 젖게 했다.

*

마가렛 꽃을 머리에 얹고 웨딩마치를 올린 날은 햇빛 찬란한 오월이었다. 명동성당에서의 결혼 미사는 지쳐가는 내 몸을 다시 기쁜 성령으로 일으켜 세웠다. 나를 더욱 벅차게 한 것은 신혼여행지에서 새 신랑 Y가 나를 위해 노래를 불러준 일이었다.

저 새벽이슬 내려 빛나는 언덕은
그대와 함께 언약 맺은 내 사랑의 고향.
참사랑의 언약 나 잊지 못하리.

사랑하는 애니로리 내 맘에 살겠네.

샛별 같은 그 눈동자 아름다운 얼굴.
이 세상의 아무것도 비할 수 없도다.
어여쁜 네 모양 다 잊지 못하리.
사랑하는 애니로리 길이길이 살겠네.


스코틀랜드의 존 스콧 부인인 작곡했다는 노래 〈애니로리〉였다. 누군가가 우리 가사를 붙였겠지만 나는 그 감미로운 노랫말을 Y의 고백으로 새겨들었다. 내가 죽은 후에도 그 노랫말은 내 머릿속에 새겨져 있을 것이다.

"이 노래의 주인공은 실제 귀족의 딸이었어. 그녀는 사관생도와 사랑에 빠졌는데 결국 부모님의 반대로 다른 남자와 결혼해. 사관생도는 실연의 상처로 괴로워하다가 시를 썼대. 훗날 시에 곡이 붙여졌고. 크림전쟁 때 스코틀랜드 군인들이 이 노래에 취해서 더욱 유명해져 민요로 자리 잡았다는 이야기야."

Y는 마치 달콤한 사탕을 빨아 먹듯 그 사연을 입안에서 굴리며 말꼬리를 이어갔다.

"산과 바위들이 변함없이 자리를 지키고 있는 것처럼 나도 당신 곁에 끝까지 남아 있을 거야."


천사의 도시
▬

Y가 듬직한 산처럼 나를 품으며 굳게 약속했다. 그의 다짐에 힘을 실어주듯 감미로운 봄바람이 얼굴을 감쌌고, 새들도 명랑하게 지저귀며 우리 주변을 맴돌았다. 그날의 공간과 시간, 그리고 그 속을 가득 채운 냄새, 소리, 바람, 빛깔 등을 내가 어찌 잊을 수 있을까. 그 추억은 세월이 흐를수록 선명해지는 태몽, 또는 내 신체의 일부 같은 거였다.

*

1971년 12월 25일 오전, 서울 충무로에 자리한 대연각호텔에서 불길이 솟았다. 이층 커피숍 주방에서 프로판가스 폭발로 일어난 불은 동남풍을 타고 삽시간에 위층으로 솟구쳤다. 불은 겨울 강풍과 호흡을 맞추면서 보란 듯 몸집을 키웠다. 독성 가스와 화염, 열기로 가득한 실내에서 투숙객들은 대피 수단을 찾지 못했다. 크리스마스 아침에 일어난 화재 소식은 온종일 전파를 탔다. 모두 충격에 빠졌다. 불은 일곱 시간 만에 꺼졌다. 인명 피해나 재산 손실이 막대했다. 사망자는 166명이었고 Y도 그 명단에 이름을 올렸다. 출장을 가기 위해 탑승하려던 항공편이 하루 지연되는 바람에 항공사에서 제공한 숙소에 머문 것이 화근이었다. 아침 첫 비행기라 아무래도 호텔에서 이동하는 게 여러 모로 편리하겠다며 짐을 풀었는데 변을 당하고 만 것이다.

시아버지는 외아들의 사망을 불이 아닌 며느리 탓으로 돌렸다. 여자가 잘못 들어와서 집안에 참극이 벌어졌다며 노골적으로 감정을 드러냈다. '너는 며느리가 아니라 살인자다!' 시아버지의 눈빛이 그랬다. 살인죄를 뒤집어쓴 나는 창살 없는 감옥에서 시름시름 앓았다. Y가 신혼 여행지에서 불러주던 〈애니로리〉가 아니었다면 나는 이미 이 세상 사람이 아니었을 것이다. Y의 숨결이 축축이 배어 있는 구슬픈 노래, 나를 죽이기도 살리기도 한 애니로리.

Y가 세상을 떠난 이듬해 나는 오랜 진통 끝에 아들을 낳았다. 난산이었다. 내 새끼라는 사실을 증명하듯 아이의 손목에는 파란 점이 돋아나 있었다. 작은 생명체가 꿈틀거릴 때마다 그 파란 점이 별빛처럼 반짝였다. 사람들의 몸에는 왜 점이 있을까. 저마다 감춰둔 사연, 또는 앞으로 펼쳐질 일들이 응축되어 까맣게 맺혀 있는 게 아닐까. 우리 아이는 어떤 사연을 안고 태어났을까. 나는 그 파란 점을 눈여겨보며 아이의 운명을 점쳐보곤 했다. 시부모는 자기 집안의 핏줄만 남기고 내가 사라져주길 바랐다. 그것이 영원불변의 진리라고 말하는 듯한 Y의 부모 앞에서 나는 벙어리가 되어버렸다. 마음속에서 소용돌이치는 말들이 밖으로 나올 엄두를 내지 못하고 사그라졌다.

출산하고 아흐레가 지나서 나는 퉁퉁 부은 몸을 이끌고 미국행 비행기를 탔다. 나로서는 과거를 지우기 위한 최선의 선택이었다. Y가 그렇듯 갑자기 증발해 버린 후 나는 절망과 환상 속에서 허우적거렸다. 절망과 환상은 내게 출구를 보여주지 않았기에 스스로 생을 마감하고 싶었으나 결국 용기를 내지 못했다. 그렇다면 하루라도 빨리 삶의 스위치를 켜야 했다. 숨을 쉬려면 어쩔 수 없었다. 나는 결혼하기 전 간호사로 일했다. 만약 독신으로 살았더라면 그 길을 계속 걸었을 것이다. 한국에서의 간호사 경력을 인정받아 나는 미국에서 일자리를 얻었다. 병원에서 환자들을 돌보는 와중에도 갑자기 눈시울이 뜨거워지곤 했지만 꿋꿋이 견뎠다. 그렇게 버티는 나를 순식간에 무너뜨리는 게 있었다. 그건 바로 아기 손목에 새겨진 파란 점이었다. 아이의 팔뚝이 무슨 장식품처럼 내 머릿속에 놓여 있었는데 거기에 돋아난 파란 점은 도무지 흐려질 줄을 몰랐다. 의식적으로라도 지워보려 했지만 그건 내가 어떻게 해볼 수 있는 영역이 아니었다. 떠오르면 떠오르는 대로 놔두는 게 상책이었다. 파란 점은 나로 하여금 욕망을 잠재우게 했다. 가고 싶은 곳, 또는 갖고 싶은 것이 생각나다가도 이내 사라졌다. 욕망이 줄어든 만큼 양보하고 배려하는 자리가 넓어졌다. 그 마음의 변화가 나를 그나마 지탱해준 것이다.

*

나는 로스앤젤레스에서 간호사로 일하며 경제적 기반을 다졌다. 미약하나마 일에 대한 보람이 있어 한결같이 자리를 지킨 것이다. 내게 물질과 안정을 안겨준 일터였으나 어느덧 중년에 접어들면서 회의감에 젖어들었다. 항상 웃는 낯으로 환자들을 대해야 하는 일이 어느 순간 부담스럽고 힘에 부쳤다. 갱년기라는 불청객도 간호사 생활에 종지부를 찍는 데 일조했다. 나는 병원에 사표를 낸 후 발 빠르게 움직였다. 언제부턴가 내 안에 차오른, 신생아만을 돌보고 싶은 욕심을 채우기 위해서였다. 어떤 식으로도 갚을 길이 없는 부채의식을 조금이나마 덜어보려는 심산인지도 몰랐다. 결단과 정리는 신속하게 이루어졌다. 나는 로스앤젤레스 한인 타운에 일자리를 얻었다. 산후조리사였다.

미국에서 활동하는 산후조리사들의 주요 고객은 한국 산모들이다. 영국이나 남미, 홍콩 등에서 거주하는 한국인 산모들이 찾아오기도 한다. 산모는 출산 예정일이 두 달쯤 남았을 때 미국으로 들어온다. 산모와 산후조리사는 두 달 동안 함께 지내며 출산을 준비한다. 산모들은 출산하고 이십 일이 지나면 미국에서 태어난 아기의 출생증명서와 미국 여권을 가지고 각자 자기 나라를 향해 출국한다. 나는 원정출산업체와 손을 잡았다. 산모들은 그

업체를 통해 내게로 인도돼 내 집에 짐을 풀었다. 비록 작은 집이
지만, 오랫동안 간호사로 일하며 차곡차곡 모은 돈으로 다운페이
하고 은행 론을 보태 장만한 터라 나름대로 궁전처럼 우아하게
꾸며 산모를 맞았다. 물론, 한국에서 도의적으로 문제가 되는 원
정출산 산모들을 대상으로 한다는 데 대한 죄의식이 없지는 않았
지만 그건 내게 사치였다. 나는 고국의 신생아를 내 눈으로 보고
내 손으로 만지고 안아주고 싶었다. 나는 그들의 심신을 다독여
주기 위해 친정집 같은 분위기를 연출했다. 내 진심어린 손길과
마음이 산모들의 입을 통해 퍼져서 업체의 연락이 잦은 것은 물
론이고 이곳에 사는 한국인 출산자들도 산후조리원으로 알고 내
집을 찾아들었다. 산모들이 이젠 이목구비가 반들반들해진 아기
를 안고 집으로 돌아갈 때까지 나는 친정엄마 같은 산후조리사로
최선을 다했다.

*

수민이가 우리집, 그러니까 산후조리원에 머무는 동안 나는 각
별한 손길로 수민을 돌봐줄 참이었다. 그러고 싶었다기보다 왠지
그래야 할 것 같았다. 그동안 산후조리사로 일하면서 여러 산모
를 만났는데 필요 이상으로 수민에게 마음이 쏠렸다. 나처럼 한

스러운 젊은 시절을 보냈거나, 의지가지없는 고아 신세이거나, 도피를 목적으로 미국 땅을 밟은 것도 아닌데 마음이 쓰였다. 내가 정말 수민의 친정엄마가 된 기분이었다. 수민을 위해 음식솜씨를 발휘하고, 모유 수유를 시작했으니 젖이 잘 나오도록 마사지도 자주 해주고, 충분한 수면을 취하라고 밤에는 내가 아기를 데리고 잤다. 우리집 창밖에는 푸릇푸릇한 대나무가 울타리처럼 모양을 이뤄 쭉쭉 뻗어 있었는데 수민이가 그 풍경을 좋아했다. 나는 그림 같은 풍경을 마음껏 즐기라고 댓잎 흔들리는 소리가 잘 들리는 위치에 푹신한 의자를 갖다 놨다. 나의 배려로 수민은 대나무 숲이 안겨주는 단아한 정취를 흠뻑 느끼는 눈치였다. 이런 애정 어린 관심은 산모가 지불한 돈만큼 편의를 제공해주는 서비스와는 거리가 멀다. 혹여 수민이가 심한 산후우울증으로 소리 없이 사라진다 해도 나는 그녀를 특별한 인연으로 머릿속에 담아둘 것이다.

늦은 나이에 아이를 낳았다는 공통점이 수민에게 무턱대고 끌리게 하는 걸까. 그날 분만실에서 꼼짝 않고 수민을 지키다가 문득 나이를 헤아려 봤다. 수민과 나는 출산 나이가 비슷했다. 당시 결혼적령기를 훌쩍 넘겨 면사포를 쓴 터라 나는 서둘러 아이를 가졌다. 임신한 나이는 비슷했지만 우리의 처지는 확연히 달랐다. 남편이 없는 상태에서 출산했다는 공통점도 있다. 하지만 그

부재의 성격은 하늘과 땅 차이다. 수민은 풍요로운 삶을 위해 미국행 비행기에 몸을 실었고, 나는 쫓기듯 한국을 떠난 출발부터가 다르다. 생각해 보니 중요한 차이는 또 있다. 출산 후 미역국도 제대로 먹지 못한 여자와 정성껏 끓인 미역국을 맛있게 얻어먹은 여자. 그해 봄 나는 미역국은커녕 아직 부기도 빠지지 않은 꼴로 고국을 등졌다. 귀한 핏줄을 안겨줬는데 미역국 한 그릇 대접 받지 못한 처지가 마냥 서글펐다. 나도 모르게 미역국을 의식하다 보니 입안이며 뱃속이 바싹바싹 마르는 것 같았다. 미역국만이 해결할 수 있는 갈증이었다. 지금처럼 편의점에서 즉석 미역국을 판매했다면 나는 아마 진열되어 있는 제품을 모조리 사서 먹었을 것이다. 산후조리사로 일하면서 나는 대리만족인지 뭔지 미역국만큼은 최고의 맛을 냈다. 산모들이 미역국을 맛있게 먹는 모습을 보면 그 시절의 갈증이 조금이나마 가시는 것 같았다. 수민에게 먹일 미역국은 더욱 공을 들였다. 수민을 과거의 나, 그러니까 아이를 낳자마자 버림받은 산모라고 여기며 정성을 다해 미역국을 끓인 것이다. 애틋한 사연이 담긴 미역국이었으니 맛도 특별했을 터였다.

수민이의 몸을 빌려 세상 밖으로 나온 아기는 두 시간 간격으로 깨어 젖을 먹었다. 그건 나도 어쩔 수 없는 일이어서 수민이가 잠을 설쳐야 했다. 그때 말고 아기는 거의 내 품에서 놀았다. 수민은 제 몸을 철저히 다스렸다. 귀국할 때까지는 자식인 너보다 엄마인 내 몸이 훨씬 중요하다고 온몸으로 말하는 것 같았다. 그런 무언의 당당함, 빈틈없는 육체 관리가 미쁘게 보였다. 수민은 젖몸살을 심하게 앓았다. 젖이 돌덩이처럼 딱딱하게 뭉쳐져 벌겋게 열이 났다. 산모의 고통이 깊어 손을 댈 수도 없었다.

"이모님, 저는 아기를 낳는 것보다 젖몸살이 훨씬 아파요. 아기가 젖을 빨려고 입을 대면 온몸에 전류가 흐르는 것 같거든요. 아니, 그보다 더 심한데 표현을 못하겠어요. 젖몸살을 생각하면 두 번 다시 아기를 낳기 싫어요."

나는 물에 적당히 적셔 따끈하게 데운 순면타월을 수민의 젖가슴에 대고 살살 동그라미를 그리듯 마시지를 해줬다. 양배추까지 동원해서 뜨겁고 딱딱한 젖몽우리를 풀어줬다. 젖몸살이 잠잠해지는가 싶더니 이번에는 이유 없이 툭하면 눈물 바람이었다. 어찌나 서글프게 우는지 나까지 덩달아 콧날이 시큰해졌다. 산후우울증은 아이를 내보낸 육체가 겪어야 하는 이별의 아픔과도 같았다. 핏덩이를 뒤로 한 채 미국에 둥지를 튼 나는 스스로 끼니를 해결하지 않으면 당장 굶어죽을 판이라 산후우울증이라는 몸의 하소연을 들어줄 겨를이 없었다.

"이모님이 친정엄마 같아요. 우리 엄마보다 더 진짜 엄마 같아요."

"아이고, 친정어머님이 들으시면 서운하시겠다. 그런 소릴 들으니 나야 눈물겹게 고맙지만."

"사실 원정 출산을 결심했을 때 걱정을 많이 했거든요. 타국에서 아이를 낳는 건 두렵지 않은데 낯선 사람이랑 한집에서 지낼일이 심란하더라고요. 그것도 두 달씩이나 말이에요. 제가 워낙낯가림이 심하거든요. 근데 이모님을 보는 순간 그런 걱정이 바로 녹아버린 거예요. 지금까지 살면서 그런 감정 처음이었어요."

수민의 과분한 애정에 민망하기도, 또 고맙기도 해서 나는 그저 미소만 짓고 있었다. 나도 네가 단순한 산모, 그러니까 돈벌이 대상으로 여겨지지 않았다. 너에게서 젊은 시절의 나를 만났다. 내 아들이 결혼했으면 너 같은 아내가 있겠지, 너는 내 딸 같기도 며느리 같기도 하다…… 이런 말을 들려주고 싶었지만 말을 아꼈다. 미국에서 몸보다는 마음의 한파를 견디며 이만한 살림을 꾸린 것이 다 참거나 삼킨 덕분이었다. 그 답답하고 어리석은 인고(忍苦)가 몸에 스며들어 나는 지금도 감정을 잘 드러내지 못한다. 그저 손짓이나 눈빛으로 상대에게 마음을 전할 뿐이다. 하지만 귀국한 후에도 이따금 소식을 전해달라는 부탁을 수민에게 하고 싶은데 그 말이 입 밖으로 나올지 모르겠다.

*

    오늘 수민이는 기분이 좋은 모양이다. 내가 베란다 가까이 가져다 놓은 의자에 앉아 대나무 숲을 오랫동안 바라보고 있더니 콧노래를 부르며 마치 안주인처럼 집 안을 살피고 다닌다.

    "아기 목욕시키려고요? 오늘은 저랑 같이 해요."

    수민이가 나를 빤히 쳐다보더니 옷소매를 걷는다. 나는 세면대를 말끔히 닦고서 그 위에 수건을 깔았다. 한쪽 손으로 아기의 귀를 움켜잡고, 다른 손으로는 배냇저고리를 벗긴다. 따스한 물로 머리를 감기고, 가제 손수건으로 얼굴을 꼼꼼히 닦는다. 아기는 어느새 나의 손에 길들여져 눈을 슬슬 감는다. 한 몸이 된 것 같은 아기와 나, 오래전 싹만 틔웠지 활짝 피지 못한 모성애가 몽글몽글 피어나는 순간이다. 하지만 나는 이내 울적해진다. 이제 아기의 왼팔을 봐야 하기 때문이다. 나는 처음 목욕시킬 때부터 아기가 추울까봐 배냇저고리를 다 벗기지 않았다. 오른쪽 배냇저고리 먼저 벗겨 씻기고 다시 왼쪽 배냇저고리를 벗겨 씻기는 식으로 춥지 않게 조심조심 다뤘다. 그렇게 목욕을 시키다가 어느 날 아기의 왼쪽 손목에서 파란 점을 발견했다. 순간 나는 목석이 되었다. 그 상징적인 무늬가 나를 순식간에 삼십여 년 전으로 데리고 갔다. 누군가가 파란 점을 보여주면서 너는 죽을 때까지 죗값을 치러야 한다며 무형의 채찍을 휘두르는 것만 같았다. 어떤 드라마에서 보니까 아이는 엄마를 끝까지 찾아온다더니 이렇게라도 저를 기억하게 만들려고 그러나. 이제 왼쪽 배냇저고리를 벗겨 그 파란 점을 봐야 한다. 파란 점이 새싹처럼 돋아난 팔을 씻기지 않을 수도 없고…… 나의 과거를 선명하게 재생시키는 파란 점…… 나는 어쩔 수 없이 아이의 배냇저고리를 마저 벗겼다.

"저는 우리 아기 손목에 박힌 이 파란 점을 보면 신기하다 못해 신비스러워요. 손목의 점이 시댁 유전이래요. 아기 아빠 손목에도 파란 점이 있거든요. 어떻게 이런 콩알만 한 점이 할아버지의 손목에도 아버지의 손목에도 아들의 손목에도 생겨날까요. 이 파란 점을 보고 있으면 어느 누구도 끊을 수 없는 단단한 핏줄이 느껴져요."

내 마음속으로 묵직하고 습한 무언가가 툭 떨어진다. 동시에 내 몸이 휘청거린다.

"이모님, 오늘은 황태미역국이 먹고 싶어요. 귀국하면 이모님의 미역국을 못 먹을 텐데, 벌써부터 아쉬워요. 그렇게 맛있는 미역국은 앞으로 어디에서도 먹어보지 못할 거예요. 저의 남편도 이모님이 끓인 황태미역국을 먹어보면 홀딱 반할 걸요? 아기를 낳고 보니까 자기를 열 달 동안 품고 있던 엄마의 얼굴도 이름도 모르는 남편이 더 안쓰러워요."

*

사람들은 로스앤젤레스하면 사막 위에 선 빌딩들을 떠올린다. 뜨겁고 강렬한 태양, 끝없이 이어진 팜츄리와 바다는 덤이다. 이곳의 여름은 일찍 시작되고 오래 지속된다. 그 속에서 꽃봉오리가 터지듯 꾸준히 생명이 탄생한다. 내 아이를 태양만큼 열정적이고 바다처럼 줄기찬 사람으로 만들기 위해 엄마들은 로스앤젤레스 하늘을 독수리처럼 날아다닌다. 그러는 사이 짧지만 겨울이 찾아온다. 꽃과 나무들은 기다렸다는 듯 퇴색하지만 이곳에 모인 사람들은 오히려 싱그러워진다. 자식을 위해서든 스스로를 위해서든 악착같이 견디며 살아가야 하기 때문이다. 이런 삶을 살기 위해 아메리카 대륙 곳곳, 세계 곳곳에서 무수한 사람들이 모여 들어 있다. 백인, 흑인, 황인종…… 유럽계, 히스패닉, 중국계, 한국계, 베트남계…… 스포츠 선수, 영화배우, 유학생, 관광객, 불법체류자, 노숙자, 원정 출산자…… 이들은 긴 가뭄과 갑작스런 겨울비, 넘치는 사람과 광활한 자연, 빈곤과 풍요, "Goddam!"과 "Why not?"이 서로 공존하는 이곳에서 혼돈에 빠져든다. 나도 여전히 그 혼돈 속에 있다. 긴 여름과 짧은 겨울 속에서 새 생명의 울음소리가 메아리치고, 건조한 땅에서 평생 땀을 흘리다 꽃이나 바람이 되는 곳, 사람들은 이곳을 천사의 도시라 부른다.

어디에 있든 무엇을 원하든

가득 고이기 시작한 눈물로 모든 물체가 어른거려 앞이 제대로 보이지 않았다. 몇 번씩 신호가 바뀌었어도 파란 불인지 빨간 불인지조차 가늠하기 어려웠다. 나는 건 널목에 멍청히 서서 오가는 사람들이 모두 사라지기를 기다렸다. 거대한 붉은 건물 아래 회오리바람이 불고 있었다. 아메리칸 드림은 이렇게 아름다운 중년 여인의 꿈을 낡아빠진 가방으로 찌들어가게 만들었다. 나는 미국 전 지역을 돌아다니면서 한국 가게를 상대로 한국산 상품을 공급해주는 방물장수를 하기로 마음먹었다.

# 어디에 있든 무엇을 원하든

— 내가 무엇을 원하든 가져올 수 있나요?
사람들이 이렇게 물으면 나는 대답한다.
— Anything you want.

— 이곳이 어디든 와줄 수 있나요?
사람들이 이렇게 물으면 나는 대답한다.
— I go everywhere.

그렇다. 나는 그렇게 대답해준 적이 있다. 나는 그들이 원하는
무엇이든 그곳이 어디든 다 가져갔다.
그 옛날 내 아버지가 그랬듯이. 산 넘고 물 건너 바람 따라 구

름 따라 전국 방방곡곡을 누비고 다녔듯이.

나는 저 아득한 아메리카의 광활한 대지와, 거대한 산, 강과 계곡, 사막과 호수를 넘고 건너고 달리고 걸었다.


나는 항상 이렇게 말했다.
— 어디에 있든.


그리고 또 말했다.
— 무엇을 원하든.


*


새벽 다섯 시, 7인승의 미니 밴은 앉는 자리만 남겨놓고, 남편이 간밤 늦도록 실어놓은 여자용 속옷과 양말 같은 것들로 가득 차 있었다. LA의 새벽하늘은 어슴푸레하게 허연색이 섞인 검은 빛으로 가리어졌다. 2월의 찬바람이 코끝을 아리게 했다. 10번 이스트 프리웨이는 우릴 위해 비워놓은 듯 다른 차량들이 한 대도 보이지 않았다. 우리는 큰 미국의 대륙을 전부 휘젓고 다닌다는 두 번째 삶의 희망에 들떠 있었다. 한줄기 빛을 보기 위한 방랑의 채찍은 샌버나디노 카운티를 거쳐 팜 스프링을 지났다.

"여행은 언제 어느 때나 항상 설레게 한단 말야."

남편이 말했다. 햄과 치즈, 토마토 조각, 참치, 계란 프라이로 만들어 온 샌드위치와 스텐리스 보온병에 가득 담긴 따끈한 커피는 우아한 새 출발의 아침식사였다.

그렇게 새 아침이 시작되었다.

한나절을 달리니 캘리포니아주는 아예 뒤로 사라져버렸다. 미니 밴은 곧 애리조나주의 피닉스로 들어가는 길로 들어섰다. 카우보이들이 말을 타고 끝없이 달리던 황량한 사막에는 뜨거운 모래바람이 훅—하고 거세게 불었다. 뜨거운 공기가 대지 위에서 물결치고, 강한 햇빛을 받아 빛나는 바위들과 삭막한 산들은 한낮의 열기에 부르르 떨고 있었다. 보통사람 키보다 더 큰 선인장들이 군데군데 서 있었고, 어떤 것들은 꼭 포크 모양으로 생겨서 넓적한 이파리들은 하늘을 향해 서로 키재기를 하고 있는 모습이었다. 숨 막히게 펄펄 끓는 뜨거움을 저 선인장들은 물 한 방울 없이 어떻게 견디면서 푸른 초록의 빛을 보여줄 수 있는 것일까. 새삼 신기한 마음이 들었다. 한 대만이 외로이 달리고 있는 프리웨이에서 미니 밴은 콩알만큼 작고 검은 점이 되어 있었다.

달리는 차 안에서 30년 전, 우이산 정상에서 산악회 선배 민우가 하모니카를 꺼내 불며 가르쳐 주었던 「바위고개」를 불렀다. 따라 부르는 남편의 콧노래는 하모니카 소리와 하모니를 이루었다. 산과 들, 가로등, 휘영청 달빛이 노래를 들어주었다. 두렵고 어지러웠던 마음이 차츰 평온해져 갔다.

*

대학교 입학하던 해에 산악회에서 알게 된 일 년 위 선배인 윤 민우.

그는 항상 산에서 하모니카를 즐겨 불었다. 친구들이 말하기를 그의 아버지는 유명한 성악가인데, 아들의 폐활량을 늘리기 위해 어릴 때부터 하모니카를 가르쳤다고 했다. 그가 주로 하모니카로 불어주는 「바위고개」, 「고향생각」 같은 노래는 구슬프고 한이 서 려 있는 가곡이었다. 민우는 귀찮지도 않은지 내게도 열심히 하 모니카 부는 방법을 가르쳐주었다. 그 해 여름의 암벽 등반은 우 이동 산으로 결정되었고 팀 편성에서 나는 민우와 한 조가 되었 다. 우이산 암벽에서 한 줄로 연결되어 있는 자일로 길을 터주면 나는 다섯 손가락 손톱으로 거대한 바위의 벽을 긁다시피 움켜잡 고, 허리와 양발에 밧줄로 꽁꽁 매어진 다리를 움직여 한 발씩 위 를 향해 올라갔다. 돌산 위 정상에서 민우가 소리 질렀다.

"낙석! 낙석! 조심해!"

머리를 오른쪽 아래로 수그리는 순간, 바위산 꼭대기에서부터 굴러 떨어져 나온 주먹만 한 바윗돌이 내 왼쪽 어깨를 스치면서 골짜기로 굴러 떨어졌다. 나중에 그 주먹돌 사건은 민우와 나를 끈끈하게 얽어매어 우리 둘 사이를 꼼짝달싹 못하도록 만들어버린 계기가 되었다. 회원들은 하산하면서 산골짜기를 빙글빙글 돌아서 내려오다가 넓은 바위에 앉아 쉬기로 했다.

"그때 그 돌덩이 머리에 맞았으면 난 죽었겠지요?"

"그랬으면 난 미경이만 생각하며 평생 혼자 살았을 거야."

민우가 대답했다.

"거짓말! 그걸 어떻게 믿어?"

"이 산과 바위들이 항상 변함없이 그 자리를 지키고 있는 것처럼 나도 너를 언제나 지켜주고 있을 거야. 미경아! 학교 졸업하면 우리 산악 결혼식하자. 면사포 대신 자일 메고. 어때? 근사하겠지?"

민우는 큰 눈에 쌍꺼풀이 있고, 짙은 눈썹으로 한없이 착해 보이는, 그러나 영악하지 못한 청년이었다. 하지만 그의 부모님은 우리 집안 이력이 화려하지 않아서인지 결혼 상대로는 영 탐탁지 않게 여겼다. 결국에는 민우를 억지로 맞선을 보게 하더니 쩽쩽한 집 신부와 결혼으로 밀어 넣어버렸다. 그 후 나는 일주일을 고열과 함께 헛소리를 해가면서 심하게 앓았다. 나는 민우와의 첫사랑을 아름다운 추억만을 간직하고 곱씹으며 평생을 혼자서 부모 없는 고아들과 독거노인들에게 봉사하면서 살겠다고 결심했다. 그런 나의 꿈이 산산이 부서지게 된 것은 평생을 딸 하나뿐인 나만을 바라보고 사셨던 어머니의 협박 때문이었다. 내가 아프면 당신 먼저 끙끙 앓으시는 어머니가 결단을 내려줬다.

"네가 시집을 안 가면 난 나가서 죽어버릴 거야."

어머니의 성화가 순전히 협박인 것 같으면서도, 결국엔 중매로 선을 보게 되었고, 지금의 남편 박태호를 만나서 결혼을 했다.

\*

1997년 11월, 지역적 금융위기로 시작된 한국의 IMF(국제통화기금)는 가장 먼저 강철밥통과도 같던 남편이 다니던 은행을 뒤흔들었다. 남편이 공채로 일반사원이 되고 출근한 지 꼭 26년째 되던 해였다. 남편은 명문대를 졸업하던 해에 시아버지의 강한 권유로 은행에 들어갔다. 평생 안정된 직장은 돈 만지는 은행밖에 없다는 것이 이유였다. '은행 지점장 박태호'가 찍힌 명함을 내밀던 남편도 과감히 사표를 던졌다. 명예퇴직을 더 꾸물거리고 미루다가는 평생 자존심인 퇴직금까지 사라질지도 몰라서였다.

영원불변할 줄 알았던 강철 밥그릇에 다니던 동료직원들도 앞서거니 뒤서거니, 무 토막 잘리듯이 떨어져나갔다. 은행은 경영

진의 중역들 반 이상에게 명예퇴직금 몇천만 원을 쥐어주고 가을 낙엽 쓸어버리듯이 거리로 내몰았다. 그는 원래 퇴근시간을 알리는 종이 땡 치면 집에 오고, 날 밝으면 출근하는 시곗바늘 같은 사람이었다. 매사에 너무 정확하고 자로 재듯이 성실하게 일하는 일 중독자였다. 결국에는 실력을 인정받아 고속 승진을 하였고, 다른 입사 동기생들보다 제일 먼저 지점장이 되었다. 그러나 한국에 IMF가 터진 지 1년 만에 잘려나갈 때도 가장 먼저 1순위가 되었다. 그런 와중에도 흙바닥에 착 달라붙어 쓸려나가지 않는 비에 젖은 낙엽이 된 사람도 몇몇 있었다. 장애아들을 두고 있던 박 이사, 쇠심줄보다 더 강력한 동아 밧줄을 꼭 움켜쥐고 있던 장 전무. IMF의 긴급구제 금융계획은 한국에서의 은행 취직은 종신고용이란 신화를 이렇게 산산조각을 만들어 허공으로 날려버렸다.

우리 집안의 바위덩이였던 기운 센 남편이 낙동강 오리알 신세가 된 가장이라는 걸 실감하게 되는 데는 겨우 한 달도 걸리지 않았다. 그동안 친구들과 골프를 치러 나가고 아이들 학교에 태워다주는 자질구레한 일만 하던 남편도 자꾸 모자라가는 생활비를 감당할 길이 없어졌다. 남편은 결국 아이들 학교를 사립에서 공립으로 옮겼다. 백수가 된 남편은 한동안 바쁘게 다니더니 이것저것 정리가 끝난 뒤에는 정말로 집에만 있는 삼식이가 되었다.

그리곤 실업자라는 사실이 믿기지 않아서인지 괜스레 더 큰소리만 치는 것이었다.

"까짓것 어디가면 나 같은 고급 인력이 할일 없을까봐. 우리 식구 밥은 안 굶긴다구. 걱정일랑 붙들어 매."

그는 뻥뻥 소리만 치고 술에 절어 파김치처럼 흐느적거리면서 새벽에야 집에 들어왔다. 나도 한국에서는 지점장 부인이라는 보이지 않는 명함 덕분에 어깨가 으쓱으쓱할 때가 있었다. 우월감을 느낄 수 있는 자리를 잃었다는 사실이 현실로 조금씩 위기감을 느끼던 어느 날이었다.

"여보, 우리 아이들이 있는 미국에 가서 살아볼까?"

남편에게 이렇게 물어보았다.

"하긴 우영이, 성범이도 거기서 아주 눌러 살고 싶어할 거야."

남편이 말했다. 이쯤이면 남편도 이곳보다는 그쪽으로 더 마음이 가고 있는 것처럼 보였다. 두 아들을 미국의 LA로 유학 보낸지 3년이나 되고 있었다.

"말 나온 김에 하루라도 빨리 가버립시다."

나는 남편을 조르기 시작했다.

"흐음. 그래볼까?"

나는 내 살점보다 더 아끼고 사랑하는 아이들 얼굴을 매일 볼 수 있다는 사실만으로 흥분됐다. 컴퓨터같이 틀림없이 모든 일을 결정하며 살아오던 그였지만, 퇴출의 충격이 바위산보다 더 커서인지 그 후로는 많이 흐트러지는 것이 자주 눈에 띄었다. 이번에 미국에 가게 되면 아주 오래 살아야 될 것 같은 예감에 밑반찬부터 속옷 종류까지 온 식구들 것을 챙기느라고 바빠지기 시작하였다. 두 달이 지나 우리는 방문비자로 엘에이로 가게 되었다.

가던 날부터 남편은 미국에서 살아야 한다는 마음으로 밥 먹고 살 일거리를 찾아다녔다. 후에 들은 얘기지만 남편은 친한 사람들에게 미국으로 이민 가게 되었노라고 하면서 이번에 가면 영영 안 오겠으며 한국은 자신을 버린 나라라고 하면서 참담해 하였다고 했다. 미국에 도착한 며칠 뒤부터 그는 학교 후배가 있는 자바시장이라는 옷가게에 자주 나갔다. 거기서 하루 종일 실밥 따주는 일과 먼지 털어 진열해주는 일로 소일하다가 들어오곤 했다. 히스패닉이나 흑인들이 즐겨 입는 옷을 만들어 파는 자바시장의 규모는 한국의 웬만한 중소기업체보다도 더 많은 매출을 올리는 큰 집단으로 형성되어 있었다. 미국의 경제를 꽉 쥐고 있다는 유대인들인 주이쉬들에게 원단을 사서 자신들의 봉제공장에서 만들어 자바의 가게에서 팔고 있었다. 미국 전역의 창고 같은 시장인 스왑밋이나 작은 스토어에서 소매상인들이 올라와서 옷을 받아다가 파는 도매시장 같은 곳이었다. 한 사람이 구입해가는 물량이 보통 몇천 달러이다 보니까 하루 매상이 보통 몇만 달러에서 잘 되는 가게는 십만 달러는 족히 넘는 것이었다. 한국의 남대문 시장 같은 곳이 바로 여기의 자바시장인 셈이다.

나는 이따금씩 길을 오가면서 보았던 공립학교에 다니는 학생들의 머리카락이 까맣다는 것이 항상 마음의 걸림돌이었다. 즉 히스패닉 계통의 아이들이 다니고 있거나 한국 학생들이 많이 있다는 증거이기 때문에 영세민이 된 것 같아 공립학교가 싫은 것이었다. 그런 곳에선 영어를 제대로 배우지 못할 것이라는 생각을 떨쳐버릴 수가 없었다. 그래도 내 새끼들만큼은 노랑머리만 있는 완전 미국의 백인 학생들만 있는 곳에서 공부하고 있다는 것을 내심 자랑스럽게 생각하고 있었다. 그래야 미국 사회에 빨리 적응되고 백인들처럼 영어로만 말하게 될 거라고 기대했다. 그러나 한 달에 평균 천오백 달러나 내야 하는 사립학교 등록금을, 지금 같은 처지에 두 명씩이나 계속해서 보낸다는 것이 사치라는 생각이 들었다. 둘째 아들은 육학년을 채 마치지도 못하고, 중학교인 주니어 하이스쿨에 다니는 큰아들과 함께 공립학교로 전학시켰다. 아파트도 방이 세 개인 1200달러짜리 아파트에서 방 하나에 800달러인 곳으로 옮겼다. 우리 부부가 거실에 침대를 놓고 지내면 그런대로 살아갈 것 같았다. 미국에서의 아메리칸 드림은 점점 미로를 걷는 것 같았고, 모든 상황들이 차츰 우리의 삶을 조여오기 시작하자 우리는 별일 아닌 것 사소한 일로도 다투기 일쑤였다. 결국 우리는 둘이서 같이 할 일을 찾기로 하고 시장조사를 하였다. 세탁소는 너무 많은 돈이 들고 프리미엄이 붙을수록 비쌌고, 리커나 마켓은 툭하면 총 들고 들어오는 흑인들이나 히스패닉 때문에 위험하기도 했지만, 아이들의 학교를 픽업을 할 수가 없어 시간이 맞질 않았다. 수영장 청소도 남편의 체력으로는 힘들어 못할 것 같았다. 막일인 잔디 깎는 가드닝 일이나 페인트는 기술이 없어도 된다지만, 왕초보로는 처음 몇 년간 헬퍼 일밖에 못하기 때문에 그렇게 적은 수입으로는 우리집 생활비가 턱없이 모자랄 것만 같았다.

외로움의 도시 LA에도 내 친구는 있었다.

"난 미국에 온 지 오래됐어."

옛 동창생을 만났다는 반가움에 상희와의 수다는 점심식사가 끝나도 계속되었다.

"미경아! 대학 다닐 때 산악회 등산반장 민우 씨 있지? 결혼한 뒤에 미국의 지사로 나왔다고 하더라."

한줄기 흙바람이 머리칼이 흩날리도록 강하게 불어오더니 뒷걸음질로 사라져갔다. 조금 전 철렁 내려앉은 그 응어리는 계속 뒤틀리고 쥐어짜는 듯이 고통스럽게 가슴을 압박해왔다.

그 뒤 상희네 가게에 시장 구경도 할 겸 나가서 장사하는 일을 도와주었다. 두어 달 지나자 하루는 상희가 내게 이런 제안을 하였다.

"얘! 미경아! 너 이곳 자바시장에 가게주인들 상대로 장사 한 번 해볼래?"

"무슨 장사를?"

나는 은근히 한국에서의 위엄을 빛내줄 그럴듯한 무역 같은 사업을 이야기하겠지, 하는 호기심과 기대감으로 가슴이 뛰었다. 상희는 하던 말을 이어 계속하였다.

"여기 상인들은 무엇이든지 코앞에 가져다 받쳐줘야 되거든. 돈은 많이 있는데 쓸 시간들이 없단 말이야. 그러니까 한번 해보면 잘될 거야."

상희는 결혼하고 몇 년 뒤 아르헨티나로 이민 갔다고 했다. 돈을 많이 벌었는데 달러 환율이 항상 요동을 쳐서 도저히 수지타산이 맞지 않았단다. 그래서 미국의 엘파소로 전 가족이 밀입국하여 지금은 자바시장에서 꽤 괜찮은 아동복가게를 하고 있었다. 그녀는 앞을 내다보는 눈이 항상 다른 사람보다 한발 앞서 있는 듯했다.

"나보고 물건을 들고 다니면서 행상을 하라는 거야?"

나는 너덜너덜해진 낡은 외투 취급당하는 것 같아 영 못마땅했다.

"여자 옷이나 면 속옷 같은 한국 물건은 사람들이 항상 좋아하거든."

그녀는 떼돈을 벌어 재벌이라도 될 수 있는 것처럼 나를 설득하려 했다.

"내가 아직 그 정도까지는 아니라구!"

맞서는 내 음성이 슬며시 잦아들었다.

아이들의 사립학교 학비와 아파트 렌트비, 차량 유지비 등으로 한국의 아파트 한 채 팔아서 가져온 돈은 곶감 빼먹듯이 사라져 갔다. 미국 생활하려면 일 년에 1억 원은 우습게 부서진다고 하더니, 한 달 생활비는 아무리 쪼개어 썼어도 7, 8천 달러가 나가고 있었다. 집안의 가구들도 새것으로 싹 바꾸어놓은 것을 몇 달 지나서야 후회하였다. '심심한데 상희가 시키는 대로 나도 장사라는 걸 한번 해볼까?'

나는 한국에 있는 아이들 고모에게 전화를 걸어 여러 종류의 여자 옷과 면 속옷, 양말 등을 주문하여 보내달라고 부탁을 하였다. 옷이 도착한 다음날 나는 큰 보따리를 만들어 끙끙 매면서 자바시장으로 향했다. 그러나 걸어 다니려니 보따리가 너무 무거웠다. 할 수 없이 끌고 다니는 카트를 하나 사서 그 위에다 사각 서랍을 만들어 옷을 종류별로 차곡차곡 얹었다. 그 속에는 중년여자들 바지, 요즘 유행하는 칼라의 니트 상의, 핑크, 하양, 검정, 회색의 면 티셔츠, 야한 디자인의 레이스 잠옷들이 있었다. 처음에는 부끄러워 말도 잘못 꺼냈지만, 한국 옷을 좋아하는 그들이 항상 먼저 나를 기다렸다. 주문도 받고 친구도 사귀게 되니 옷 장사도 그런대로 재미있었다. 특히 가볍게 걸치는 얇은 니트 상의는 인기가 많아서 다 팔고도 모자라서 다시 주문해야만 했다. 손님들은 바지도 헐렁한 것들을 많이 찾았다.

올림픽 블로바드에서부터 피코 에브뉴까지를 가로, 메인 스트릿에서부터 산 페드로까지의 길을 세로로 바둑판의 두 모서리를 그려 동선을 잡아 움직였다. 11가와 12가, 샌 티, 앨리골목, 메이플, 월길을 한 바퀴 걸어서 돌고나면 족히 네댓 시간이 걸렸다.

그곳에서 장사하고 있는 한인들 소유의 600여 개의 점포가 내 고객들인 셈이었다. 이곳 자바시장은 홀 세일(도매) 손님들이 많기 때문에 항상 아침이 붐볐다. 그리고 오후가 되면 한가해졌다. 무엇보다 내 손으로 달러를 벌고 있다는 기쁨에 나는 매일 바쁘게 움직였다. '내 나라 물건을 팔고 있으니 애국자는 바로 나야.' 스스로 위로하며 마음을 달래기도 했다.

그날도 세 시가 넘은 시간에 앨리 식당에 때늦은 점심을 먹으러 들어갔다. 주문 받은 옷을 늦게 가져다주게 되어 식사 때를 놓친 것이었다. 나물비빔밥을 시켜서 그릇을 싹 비웠다. 나는 자리에서 일어나 천천히 계산대 앞으로 걸어갔다. 하루 종일 벌어들인 매상이 들어 있는 허리에 찬 검정 주머니 지퍼를 열면서 물었다.

"여기 얼마예요?"

주인아저씨가 주방에서 설거지 하던 손을 검정색 앞치마에 닦으며 나왔다.

그는 내 행색을 아래위로 한참 바라보더니 말했다.

"아줌마가 돈을 내려구요?"

나는 의아한 눈으로 아저씨를 쳐다보았다.

"네?"

"밥값 내고 나면 얼마나 남겠다고. 그냥 가슈."

식당 아저씨는 다시 주방으로 휙 들어가 버렸다. 갑자기 무언가 쾅 하고 뒤통수를 얻어맞은 듯한 기분이 들었다. 나는 바보처럼 우두커니 서 있었다. 다음 순간 얼굴이 확확 달아올라 왔다. 누가 볼까봐 팔다 남은 물건이 들어 있는 카트를 끌고 황급히 그곳을 빠져나왔다. 무안하고 창피한 마음에 막 뛰듯이 걷다 보니 건널목 신호등이 보였다. 가득 고이기 시작한 눈물로 모든 물체가 어른거려 앞이 제대로 보이지 않았다. 몇 번씩 신호가 바뀌었어도 파란 불인지 빨간 불인지조차 가늠하기 어려웠다. 나는 건널목에 멍청히 서서 오가는 사람들이 모두 사라지기를 기다렸다. 거대한 붉은 건물 아래 회오리바람이 불고 있었다. 아메리칸 드림은 이렇게 아름다운 중년 여인의 꿈을 낡아빠진 가방으로 찌들어가게 만들었다.

　나는 미국 전 지역을 돌아다니면서 한국 가게를 상대로 한국산 상품을 공급해주는 방물장수를 하기로 마음먹었다.

　"우리 미국 전 지역의 한국 사람 상대로 옷 장사 해볼까?"

　그간의 경험으로 해보면 될 것 같은 생각이 들어 남편에게 물었다.

　"어떻게?"

　남편은 백수생활의 탈출에 희망이 생기겠다는 생각이 들었는지 밝은 눈으로 나를 쳐다보았다. 남들 보기에 그럴듯한 사업이라도 발견했느냐는 표정이었다.

　"자바시장 가게에 자주 들리는 상희 남편 친구가 있는데, 그 사람이 미 전국의 한인 슈퍼마켓에 생활용품을 공급하는데 아주 장사가 잘된대요. 그 사람에게 지리 좀 물어보면 될 것 같은데."

　남편의 눈치를 살피면서 말했다.

　"그럼 한번 해보는 거지 뭐."

　남편의 떨떠름한 찬성이었다. 나는 상희네 가게로 그 친구 전화번호 좀 알려달라는 부탁을 했다.

　한 달 뒤, 우리는 타 주로 출장 가는 날을 금요일로 잡았다.

*

집을 떠난 지 여섯 시간이 훨씬 지나서야 목적지인 피닉스에 도착하였다. 피곤한 기분으로 처음 보는 가게에 어떻게 들어가야 할지, 또 자신이 없어졌다.

'아마도 미국은 우리를 반가워하지 않을 거야. 그만 돌아갈까? 그냥 여행한 셈 치면 되는데.' 마음속으로 갈등하며 지나가는 창밖의 풍경들만 착잡하게 쳐다보고 있었다. 던롭으로 차를 커브하자 한국 프라자, 고려원 식당이라고 적힌 한국어 간판이 눈에 들어왔다. 오랜 시간 여행 중에 그리운 사람을 만난 듯 한글 간판이 반가웠다.

"한인상가예요! 저기에 차를 세워줘요."

남편은 계면쩍어 못 들어간다고 해서 차에 앉아 있게 하고 나만 들어갔다.

주인여자가 혼자 가게를 지키고 있었다. 퍼머를 한 지 얼마 되지 않았는지 곱슬곱슬한 긴 머리를 연신 매만지면서 거울을 보고 있었다. 그녀는 내가 손님인지, 아닌지를 가늠하느라 내 모습을 빤히 쳐다보고 있었다.

"저어, 한국 여자 속옷, 양말 같은 거 필요하지 않으세요?"

손님인 줄 알았다가 물건을 팔러왔다는 것에 실망하는 눈치였

어디에 있든 무엇을 원하든

다.

"어디서 오셨어요?"

"엘에이에서 왔는데요."

"물건 좀 보여 줄 수 있어요?"

"네, 그럼요. 잠깐만 기다리세요. 차에서 바로 가져올게요."

나는 달음박질로 뛰어나왔다. 남편은 아는 얼굴이 없는 동네라서 안심하는 눈치였다. 남편은 차에서 물건을 잔뜩 꺼내어 가게 안에다 옮겨주고 다시 나갔다. 그 여자는 주섬주섬 진열대 쪽으로 맘에 드는 옷들을 올려놓았다. 이 상품들을 주인여자가 사려고 하는 건지 감이 잡히질 않았다. 또 들여놓고 나중에 팔아서 준다고 하면 어떡하나? 하고 걱정이 돼서 마음을 졸이고 있었다. 그녀가 내게 말했다.

"얼마 되는지 계산해 주세요. 처음이고 멀리서 오셨으니 캐시로 드릴게요. 그리고 다음에도 계속 한국 속옷을 공급해 주실 수 있지요?"

"그럼요! 물론이지요."

밖에서 기다리고 있던 남편이 궁금한지 내게 물었다.

"개시치고는 꽤 많이 한 것 같은데. 얼마치 팔았어?"

휙휙 소리를 내면서 달리는 차 안에서 내가 대답했다.

"한국에서 받던 당신 월급 사분의 일밖에 안 돼요."

어디에 있든 무엇을 원하든

꿈과 현실 사이를 이리저리 흔들리다가, 이제 큰 산을 한 고비 넘어온 듯 발걸음이 빨라졌다. 우리의 다음 행선지는 '투산'이라는 시티였다. 10번 사우스로 두 시간을 더 달려서 투산 시내의 5가 스트릿에 도착했다. 그곳은 마켓의 식품을 취급하면서도 모든 잡화를 같이 팔고 있는 조그만 백화점이었다. 투산에서 만난 손님도 천 달러 정도의 물건을 구입하고는 나중에 꼭 다시 오라고 신신당부를 하였다.

저녁식사는 '코리아하우스'라는 한국의 옛날 전통 기와집 모습을 재현한 고급 한정식 음식점에서 먹기로 했다. 그리운 고향에 온 듯 꽃분홍색 한복의 여자들이 상냥하게 손님들을 맞이하고 있었다.

"이곳에서 제일 맛있게 잘하는 음식이 뭐예요?"

"입에 살살 감치는 불고기백반이지요."

웨이트리스 여자는 주문서와 볼펜을 손에 들고 대답하였다.

"그럼, 3인분만 주세요."

소주와 곁들인 자축연은 두 시간이 지나서야 끝이 났다.

"여기서 한 시간 반을 더 가면 '시에라비스타'라는 마을이에요."

나는 낯선 아리조나주에서의 밤길이 두려워졌다.

"그곳에 가면 날이 저물어 오늘은 사람을 만날 시간이 없을 것 같은데."

일단 여기까지 왔으니 그 동네에 가서 쉬는 것이 좋을 것 같아 달리기로 했다. 10번 이스트 프리웨이로 40여 분을 더 가다가 '벤슨'이라는 길에서 90번 하이웨이로 들어섰다. 외로운 가로등이 달빛과 함께 우리가 가여운 듯이 비춰주고 있었다. 기다리는 사람이 없는 곳을 향해 무작정 달리고 있는 스산하고 쌀쌀한 고독한 여정이었다. 나는 꿈에서 깬 듯 하모니카 소리를 멈추고 남편에게 천천히 그러나 단호하게 말했다.

"이제 당신과 내가 미국에 살면서 햇볕 한줌 손에 쥐고 할 일이 무엇인지 찾아냈어요. 이렇게 철 따라 자연을 벗삼아 여행도 하고 새로운 친구도 사귀면서 즐겁게 여생을 보내야겠어요. 낯선 땅, 이민생활하면서 멀리 도시와 떨어져 있는 타 주의 한국 사람들에겐 품질 좋고 예쁜 한국의 옷을 입힐 수 있으니 이보다 더 좋은 일이 어디 있겠어요."

"글쎄. 그럴 수도 있겠군."

남편이 장단을 맞추듯이 대답했다.

"다음엔 샌프란시스코 그다음엔 거만한 인상의 뉴욕, 정열의 도시 텍사스, 달빛이 아름다운 콜로라도, 아름다운 절경 하와이, 모두 모두 다 갈 거예요. 우리 미국 전국의 방방곡곡을 다 가봅시다."

내가 바람난 시골 처녀같이 말했다.

"그럼 남들이 직업이 뭐냐고 물으면 우린 어떻게 말해야 되지?"

남편이 물었다.

"서부의 방랑자?"

내가 대답하였다. 그 말이 우스꽝스러워 둘이서 한참을 웃었다. 나는 어떤 단어가 어울릴까를 곰곰이 생각해보기로 했다.

미니 밴은 오랜 시간을 달려 자정 무렵에야 '시에라비스타'시의 '홀라이 블로버드'에 도착했다. 멕시코 국경과 맞닿은 낯선 땅이었다. 차에서 내렸을 땐 너무 피곤해서 몸이 지쳐 있었다. 밤하늘에는 별들이 반짝거렸고 아래로는 폭 넓은 푸른 강이 따스하게 흐르고 있었다. 다음날 아침은 아이홉 레스토랑에서 팬 케익과 커피로 식사를 하고, 동네를 한 바퀴 돌아보았다. 한국 사람이 통 털어봐야 오백여 명 살고 있다는 작은 시골마을 시에라비스타. 군부대 지역이라 주로 국제 결혼한 가정들이 대부분인 시골동네였다. 오전 10시쯤 되어 한국 가게가 문을 열게 되자 뜻밖의 고민거리가 생기게 되었다. 어느 곳으로 먼저 들어가야 나중에 서로 탈이 없을지 곤란하였다.

"우리 가게만 물건 대주고, 다른 곳에는 들르지 말고 그냥 가셔요. 알았지요?"

"왜요?"

"그래야만 손님들이 한국 물건이 우리 가게에만 있으니 우리가 많이 팔지요."

길 하나를 가운데 놓고 한국 상점들이 오른쪽으로는 둘, 왼쪽으로 하나가 마주 쳐다보고 있었다. 되돌아오는 길은 대낮인데도 군인과 경찰들이 지나가는 차량들을 검문 검색하였다. 국경지역이라 멕시코에서 몰래 밀입국하는 사람이 많은 곳은 언제나 흔히 있는 일이다.

"우리 같은 동양인은 아마도 그냥 통과시킬 거야."

남편은 나를 안심시키려는 듯 웃으며 말했다. 서른 살은 되었을 검은 피부의 군복을 입은 남자가 반짝반짝한 눈동자를 굴리며 우리한테 물었다.

"당신들은 중국 사람인가?"

"오! 노! 코리언이다."

내가 되지도 않는 말이라는 듯이 대답했다.

"그렇군. 그러면 무슨 일로 이곳에 왔는가?"

그는 우리가 탄 차 안을 휘둘러보았다. 그러고는 박스 속에 감추어진 사람이라도 있는 듯이 하나씩 툭툭 건드리기도 하고, 손으로 들어보기도 하였다.

"우린 메이드 인 코리아의 물건을 세일즈하는 사람들이다."

남편이 짐짓 목에 힘을 주며 대꾸하였다. 국방색의 검은 남자는 다시 물었다. 코리아 상품은 매우 좋다고 한다.

"어떤 것들인가?"

그는 정말로 호감을 가지고 있는 것 같았다.

"전부 코튼 종류이다. 언더웨어, 양말, 티셔츠, 기프트."

내가 나도 모르게 신바람이 나서 얘기하고 있었다.

"나도 한국 상품은 항상 좋아한다. 이젠 가도 된다."

나는 얼른 차 안 조그만 상자에 여러 잡동사니와 함께 마지막 하나가 남아 있던 광복30주년 기념주화를 꺼냈다. 그리고 그의 손바닥에 얹어 주면서 말했다.

"이건 코리아의 독립기념 주화인데 골동품처럼 아주 귀한 것이다. 이것을 한국을 좋아하는 당신에게 주겠다."

그는 뜻밖의 선물에 입이 함지박만 하게 벌어지며 웃었다.

"오! 땡큐! 좋은 하루가 되길 바란다."

이젠 가도 된단다.

"오! 땡큐!"

좋은 하루가 될 것 같았다.

이 세상을 모두 휘두를 것 같던 소녀시절에 나는 엄마에게 늘 꾸중을 들었다. "넌 다 떨어진 양놈 지갑이라도 미제라면 사족을 못 쓰니 어쩌니?"란 퉁을 듣던 소녀는 세월에 밀려 어디로 갔는

어디에 있든 무엇을 원하든

지, 한국 제품을 제일로 치고 미국인들이 한국 제품 좋다는 소리만 해도 기분이 좋아지는 아줌마만 남았다.

다시 '유마'라는 마을을 향하여 기다려주는 사람 없는 정처없는 나그네가 되었다. 우리가 차를 움직여간다는 일은 무엇인가를 표현하기 위한 수단이 되었다. 유마를 가자면 투산으로 다시 올라와 8번 웨스트의 큰 프리웨이를 네 시간을 더 가야 했다. 어제 저녁엔 낯선 곳이라 도통 잠을 이루지 못했었다. 나는 한꺼번에 잠을 보충하듯이 정신없이 쿨쿨 잠만 자면서 갔다. 16가에 내려서 왼쪽으로 한참을 걸으니 에브뉴B가 나왔다. 이 동네에는 한국인이 거의 없어서 한글로 쓴 글씨는 없고, '오리엔탈 기프트'라는 영어 간판이 눈에 들어 왔다. 이곳의 손님들은 모두 동양인만 들어오는지 가게 안에는 도자기부터 울긋불긋한 옷들이며 장식품들이 모두 중국이나, 인도, 태국 사람들이 좋아할 만한 물건들로 가득 차 있었다. 무거운 박스를 날라다가 물건 정리를 하던 머리가 희끗희끗한 백인 남자에게 주인 좀 만날 수 있느냐고 물으니 남자는 기다리라고 했다. 잠시 후 육십은 넘었을 것 같은 한국 여자가 나왔다. 그녀는 한국에서 오래전 농사짓는 시골의 아낙들이 입던 검정 무명치마와 흰 저고리를 입고 있었다. 염색을 한 검은 머리는 참빗으로 곱게 다듬어 머릿결이 반들반들 윤이 나고 있었으며, 두레처럼 꼬아 올려 쪽진 머리에 은비녀를 질끈

꼽고 있었다. 영락없는 60년대 농촌 여편네였다.

"안녕하세요? 저는 한국 옷을 팔러 다니거든요? 그래서 혹 필요하실까 해서 이곳을 지나는 길에 들렀어요."

나를 빤히 쳐다보던 그녀가 대답했다.

"방물장수로구만. 어디 한번 보따리 좀 풀어봅시다."

그러고는 자기의 백인 남편을 부르는 것이었다.

"헤이! 짐! 이 여자 차에 가서 물건 가져오는 것 들어다 이 앞에 갖다 줘."

두 남자들이 옷이 들어 있는 대여섯 박스를 차례로 가게 안으로 가져다주고 나갔다. 남편은 아예 가게 안엔 들어올 생각조차 하지 않았다. 다만 짐꾼으로 변신한 자신의 모습을 알아보는 사람만 없었으면 고마워하는 것 같았다. 내가 박스를 하나하나 열어서 보여주기 시작하자, 그녀는 오랫동안 자신이 그리워했던 한국의 상품들을 보이는 대로 집어 자기 가게의 카운터에 하나하나 올려놓았다.

"꽃 누비 덧버선이 너무 오랜만이네. 여기 미국은 죄다 바닥이 카펫이라 발뒤꿈치가 많이 상하거든."

그녀는 꽃 덧버선을 어루만지면서 몹시 반가워하였다.

그러더니 마치 오래 굶어 걸신들린 사람처럼 상품들을 보았다. 레이스가 있고 팔 있는 면 런닝, 하얀색 카바 양말, 털실로 짠 스웨터, 펑퍼짐한 큰 팬티, 와이어가 없는 B컵 면 브라, 허리가 고무줄인 막 바지, 7부 내의, 지지미 파자마, 발목 묶음스타킹 등등 정작 팔 물건이 아닌 자신이 필요한 상품만을 가득하게 몇 죽씩을 쌓아놓는 것이었다.

"미국에 오신 지 얼마나 되셨어요?"

내가 궁금하여 물었다.

"열아홉 살에 저 인간에게 시집왔으니 벌써 40년이 다 되어가네."

이민생활을 하는 한국인들은 자신들이 떠날 때 고국의 모습을 그대로 간직한 채 살아가기 때문에 아직도 그 기억에서 벗어나질 못하고 있다는 말이 있다.

"처음엔 얼마나 한국말이 하고 싶었는지 몰라."

은비녀 여자의 넋두리는 갈 길이 먼 내가 조바심을 느낄 때까지 계속되었다.

"저 황량한 사막에 혼자 서 있는 선인장들보다도 더 많이 외로웠지. 이렇게 은비녀를 꼽고, 한복을 입고 있어야 내가 한국 사람이라는 걸 내 스스로 확인할 수 있거든. 모두가 다 미국인들이라 내가 백인인가 헷갈린단 말이야."

은비녀는 계속 말을 이었다.

"한국말을 잊어버릴까 봐 한국의 친정 오빠와 밤새워 통화도 했었지."

처음에 이곳에 왔을 때는 한국 사람이 하도 그리워서 색동저고리 한복을 입고 내가 사는 아파트를 하루 종일 빙빙 돌아다녔어. 멀리서라도 어떤 한국인이 색동저고리 입은거 보고 말 걸어올 수 있겠지 하고.

그녀는 지금도 촌스런 옛날 한복을 자랑스럽게 입고서 행여 한국말을 하는 고국 사람이 오면 자신을 바로 알아보지 않을까 하고 손님을 맞이한다고 했다. 나는 가져간 상품들을 '그냥 줄걸.' 하면서 가슴이 시려왔다. 그러나 은비녀는 '가다가 저녁이라도 사 잡수시우.' 하더니 물건 값에다 더 얹어서 팁까지 주었다.

"이 앞 큰길에서 좌회전하여 한 시간쯤 가면 한국 사람 가게 한군데 더 있어요. 꼭 들려서 가주세요. 그곳에서도 엄청 반가워할 거유."

은비녀는 내게 거듭 당부를 하는 것이었다. 나는 피곤하기도 하고 마음이 씁쓸해져서 그곳엔 가고 싶은 마음이 별로 없었다. 그러나 누군가가 또 한국 상품을 기다리고 있을 것 같아 결국엔 가기로 하였다. 그곳은 한국인들이 전혀 없는 완전 흑인 지역이었다. 주유소도 상가들도 모두 오래된 건물들로 온 동네가 낡아 있어 한눈에도 무척 가난한 동네로 보였고 초라하고 스산한 쓸쓸함이 묻어있었다. 이렇게 이름도 모를 작은 마을까지 한국인들은 참 많이도 퍼져서 구석구석에서 살고 있구나 생각하니 진득진득한 핏줄의 정 때문에 마음이 울컥하였다. 드넓게 퍼져 있는 옥수수 숲길에 뒤틀리면서 뻗어나간 긴 이파리들이 수염을 흔들고 있었다. 서걱서걱거리는 소리가 우수수 들려왔다. 아까 은비녀 여자가 알려준 대로 '디스카운트 스토어'라고 쓰여진 가게 앞에 차를 세웠다. 얼기설기 엮은 검은색 쇠창살 출입문에 보안장치를 한 걸로 보아 위험 지역인 것을 한눈에 알 수 있었다. 문을 열고 들어가니 가게 안에는 아무도 보이질 않았다 그러나 잠시 뒤 '띵똥'하고 손님 오셨다는 신호의 벨 소리를 듣고, 창고 안에 있던 주인인 듯한 남자가 걸어 나왔다. 세월이 하얗게 내려앉은 사막의 잡초처럼 머리칼이 듬성듬성 나 있어서 정수리까지 반들반들한 대머리는 꺼벙해 보였고, 무척이나 초췌하고 삶이 피곤한 모습의 얼굴이었다.

"무엇을 도와 드릴까요? 어?"

쳐다보던 남자와 눈이 마주친 순간 나는 꿈속인 듯, 번쩍하고 전율을 느꼈다.

"미경이가 여기엘 어떻게……?"

흘러내리는 땀을 누런 면장갑을 낀 손등으로 닦으면서 민우가 내게 물었다. 아리조나의 강한 햇볕에 그을린 검은 이마에 생긴 굵은 주름 사이로 송골송골 땀방울이 맺혀있었다. 밖에 세워둔

차 안에서는 물건을 언제 꺼내갈 것인가 하고 남편이 나를 기다리고 있었다. 지난 세월의 추억들이 나의 주변을 한동안 맴돌았다.

김수영 시인은 노래했다. '나에게 놋주발보다도 더 쨍쨍 울리는 추억이 있는 한 인간은 영원하고 사랑도 그렇다'라고.

바람만 불어대는 폐허 같은 마을을 되돌아오는 길은 서글픈 저녁노을이 넘어가는 쪽으로 나 있었다. 흙바람이 한바탕 숲을 휩쓸고 지나갈 때마다 메마른 옥수수 숲이 서걱서걱 휘청거렸다. 멀고 아득한 곳에서 꿈결같이 아스라이 하모니카로 부르는 —해는 져서 어두운데. 찾아오는 사람 없어—가 들려왔다. 꿈만으로, 사랑만으로, 그리움만으로 나는 지금 어디쯤에 와 있는 것일까. 프리웨이로 접어들었을 때 구슬픈 하모니카 소리는 사라지고 무의식적으로 부르는 남편의 콧노래가 내 눈언저리를 뜨겁게 했다.

*

그 옛날 내 아버지는 오래오래 떠돌던 몸을 누이러 가끔 집으로 돌아왔다. 아버지에게는 먼 곳의 바람과 흙과 술 냄새가 묻어 있었다. 나는 아버지가 묻혀온 그것들의 빛깔과 향기를 느끼며 내가 가보지 못한 아득한 그곳을 그려보곤 했다. 그 아득한 곳이

나는 어딘지 몰랐다.

— 내가 무엇을 원하든 가져올 수 있나요?
사람들이 이렇게 물으면 나는 대답했다.
— Anything you want.

— 이곳이 어디든 와줄 수 있나요?
사람들이 이렇게 물으면 나는 대답했다.
— I go everywhere.

그렇다. 나는 그렇게 대답해주며 살았다. 나는 그들이 원하는
무엇이든 그곳이 어디든 가져갔다. 그리고 이제 몸이 지쳐 뉘일
곳을 찾아들었다. 이 낯선 아메리카의 어느 한 곳에서 나는 저물
고 있다.

이곳에 머물며 저문 해를 바라보던 어느 날 문득, 나는 깨달았다.
— Anything you want. I go everywhere.

그곳이 어디든 무엇을 원하든, 내가 그들이 그리워하는 내 모
국의 물건을 찾아들고 간 그곳이 바로, 그 옛날 아버지가 보부상
으로 전국을 누비다 지쳐 돌아와 몸을 뉘일 때 바로 그 몸에서 나
던 빛깔과 향기의 진원지였다는 것을.

어디에 있든 무엇을 원하든

자카란다의 사랑

바람에 흩날려 떨어지는 자카란다 꽃잎은 주변의 도로나 잔디밭마저 보랏빛으로 수놓으며 이리저리 너울거리고 있었다. 보라색으로 물든 꽃나무를 보니 어릴 때 부모님과 함께 창경궁 벚꽃놀이를 갔던 때가 아련히 떠올랐다. 그땐 그게 행복인줄 몰랐던 아련한 추억이었다. 온 천지가 덮이듯이 약간 길쭉한 '자카란다' 나무의 꽃망울 모습은 꼭 아기나팔꽃이라 이름 지어야 알맞으리라. 연보라색 꽃잎들은 바람이 불 때마다 한들한들 나부끼며 가지에서 떨어졌다.

# 자카란다의 사랑

　자카란다 꽃잎이 날리는 5월의 LA 도심은 보랏빛 향기가 그윽
하게 퍼져간다. 자카란다 꽃! 우리나라의 벚꽃처럼 봄에 피어나
는 꽃이다. 벚꽃이 연분홍빛으로 봄의 설렘과 환희를 이야기하는
꽃이라면 자카란다 꽃은 꽃말이 '화사한 행복'으로 연분홍 빛에
진득한 그리움이 한겹 덧입혀진 보랏빛이다.

　윌셔-웨스턴, 윌셔-킹슬리 성 바실성당 광장에는 푸른 하늘보
다 진한 보랏빛 자카란다(Jacaranda)나무의 은은한 향기가 아침
공기를 한층 더 싱그럽게 한다. 특히 코리아타운과 인접한 행콕
팍의 미라클 마일 일대에서는 4월부터 자카란다 꽃이 피기 시작
해 온 세상을 보랏빛으로 물들여 놓는다. 이곳은 거의 한달 동안
보라색 꽃 터널을 만들어 지나가는 이들과 운전자들을 즐겁게 해

준다. 한인타운 6가와 라브레아에서부터 알바라도 맥아더 공원까지 흐드러지게 피어난, 자카란다 꽃은 높은 나뭇가지에 보랏빛 꽃이 포도송이처럼 탐스럽게 주렁주렁 피어나는 설렘과 환희를 넘어 그리움이 송이송이 매달려 있는 꽃이다. 바람결에 나비처럼 날아다니는 자카란다 꽃잎은 주변의 도로나 잔디밭마저 보랏빛으로 수놓아 또 다른 정취를 느끼게 한다. 올봄에도 자카란다 가로수 꽃길이 환하게 열렸다가 봄비와 함께 꽃비로 흩날렸다. 하롱하롱 흩날리는 자카란다 꽃을 바라보면 항상 고국의 벚꽃이 떠올려진다. 자카란다 꽃은 분홍빛의 젊은 시절을 보내고 있던 내게 찾아온 이민생활의 삶이 덧입혀진 보랏빛이었다. 나는 지금 아무도 모르게 꿈꾸던 아름다운 자카란다 꽃 그늘을 새소리와 함께 거닐고 있다. 보랏빛 꽃송이가 나풀나풀 나의 머리 위로 떨어진다. 문득 손가락으로 내 머리칼을 쓸어본다. 이윽고 보랏빛 꽃잎 하나를 떼어내 손바닥에 올려놓고 바라본다. 아득한 곳에서 자카란다 꽃송이들의 노랫소리가 들려온다.

스물넷이 되던 1983년, 미국행 비행기를 타던 그날은 빨강 카네이션을 가슴에 달아주는 5월의 어버이날이었다. 30분 뒤 LA공항에 착륙할 예정이라는 기내방송이 들려왔다. 비행기는 한 번씩 쉬익— 쉬익 날갯짓 소리를 내며 서서히 하강했다. 캘리포니아의 푸른 산과 구불구불한 강이 기내 창문을 통해 보이고, 건물

과의 샛길은 자를 대고 금을 그어 놓은 듯이 반듯반듯했다. 싱그럽고 투명한 햇빛이 쏟아지는 푸른 잔디밭도 보였다. 미국은 역시 새로운 세상이라는 것을 자랑이라도 하듯 수영장이 있는 일반 주택들도 간간이 보였다. 담배 한 대 생각이 더욱 간절해졌다. 길고 지루한 열두 시간 동안 금연을 명령한 자를 주먹으로 한 대 멋지게 때려주면 기분이 조금 시원하게 풀릴 것 같았다. 숨을 크게 들이마신 뒤 휴우— 하고 길게 내쉬었다. 지금 나는 위장 결혼 상대인 조명자와 함께 가는 길이다. 조명자의 오빠는 미국 이민을 알선하는 브로커였다. 그는 미국 비자를 받은 어떤 사람의 여권에 내 사진을 붙여 바꿔치기하였다. 그렇게 나는 얼굴도 모르던 여자를 김포공항에서 처음으로 만났다. 잠시 후 스튜어디스가 나긋하게 허리를 반으로 굽히면서 상냥스럽게 인사하는 소리가 들려왔다. 여행의 설렘을 안은 승객들이 자리에서 하나둘 일어났다. 짐들을 꺼내고, 자신들의 옷가지들을 챙기면서 기내가 분주해졌다. 나는 다리를 움직일 수가 없었다. 앞좌석에 앉은 여자가 의자를 뒤로 젖혀 누워 있어 자리가 몹시 비좁았다. 기내 음식을 먹을 때도 앞 식탁을 내릴 수가 없어 몹시 불편했었다.

"저어, 의자 좀 앞으로 당겨주시겠어요?"

귀찮은 듯이 팍 소리를 내며 앞으로 의자가 들려졌다. 순간 보랏빛 스카프를 목에 감은 여자와 눈이 마주쳤다. 눈두덩이 움푹 들어가고 겹쌍꺼풀이 깊게 패인 눈을 보니 벌써 서른은 지났을 얼굴이었다. 어깨에 메는 검은 배낭 하나와 손가방을 꺼냈다. 보라색 스카프, 겹쌍꺼풀의 여자도 자리에서 일어나 선반에서 큰 가방을 내리느라 쩔쩔맸다. 나는 얼른 일어나 거뜬하게 꺼내 내려줬다.

"어머나! 너무 고마워요."

내가 가볍게 고개를 끄덕였다. 나는 조명자의 여행 가방을 끌어주면서 함께 트랩을 내려왔다. 공항 청사는 짙은 회색이었다. 여러 나라에서 온 다채로운 빛깔의 사람들이 어지러이 제멋대로 줄지어 있었다. 그래도 입국수속을 하는 곳에서는 다들 질서있게 자신의 순서를 기다리고 서 있었다. 조명자가 말했다.

"미국은 자기 나라 시민권자들을 우선 순위로 입국시키고, 그다음이 영주권자들이에요. 가장 까다롭고 꼬치꼬치 캐묻고 하는 곳이 일반 방문객들이에요."

"돈 쓰려고 여행 오는데 왜 조사를 하는 거죠?"

"그야 미국에 방문비자로 와서 눌러앉는 사람들 때문이지요. 체류기한 넘은 불법체류자가 전국에 수백만 명이래요. 머리 아픈 이민국은 입국 시에 그런 사람들을 사전에 차단시키는 거지요."

미국 영주권자인 조명자는 다른 라인으로 가면서 나중 짐 찾는 곳에서 만나자고 했다. 드디어 내 차례가 되자 가슴이 조마조마해지며 심장이 뛰었다. 창구에 왕복 비행기 표가 같이 끼워져 있는 한국 여권을 내밀었다. 곱슬머리에 안경을 쓴 뚱뚱한 흑인 남자였다. 그는 단말기에 여권을 쓰윽 긁으며 여권 사진과 나를 번갈아 쳐다보았다. 현기증을 느꼈다. 얼굴이 확 달아오르며 가슴은 두방망이질을 해댔다. 몇 번씩 당부하던 조명자 오빠의 말을 마음속에 되새기고 있었다.

"똑바로 쳐다보면서 묻는 말에 당당하게 대답하세요! 당황하면 더 의심해요."

말끄러미 내 얼굴을 쳐다보던 그는 얼마나 있을 예정이냐고 묻는 것 같았다.

나는 태연하게 웃으면서 "투 위 크"하고 명랑하게 말했다. 나의 머릿속엔 정말 2주 동안 양순이와 미국의 여러 지역을 여행하는 일이었다. 짧은 머리의 담당관은 내 얼굴을 힐끔 쳐다보면서 위조여권에 무언가를 적더니 스탬프를 콩 찍었다. 최소한 6개월을 미국에 머물 수 있는 권리를 인정해준 것이다. 한쪽 편에서 입국수속을 끝내고 기다리고 있던 조명자가 내 앞으로 오더니 웃는 얼굴로 살짝 윙크를 했다. 컨베이어가 돌아가는 곳에서 나머지 이민 가방 두 개도 찾았다. 세관 검사도 예상보다 빨리 끝났다. 나는 그녀와 카트를 밀면서 나란히 걸었다.

밖으로 먼저 나가려는 사람들 때문에 떠밀려가듯이 걸었다. 빨리 공항 밖으로 나가야 그렇게 원하던 담배도 피울 수 있을 것이다.

이젠 다 통과되었다고 생각하니 안심이 되었다. 그때였다.

기내에서 듣던 익숙한 한국 승무원의 목소리가 공항 내의 안내방송을 통해 흘러나왔다.

"유진국 여행객께서는 탐 브래들리 공항 인터내셔널 출구로 와주시기 바랍니다."

나는 뒤를 돌아보지 않고도 소금기둥이 된 것처럼 발걸음이 뚝 멈추어지고, 몸이 굳어져버렸다. 조명자가 가까이 다가와 내 팔 안으로 자기의 오른손을 밀어넣었다.

"들켰나 봐요. 이제 어떡하지요?"

"글쎄요⋯⋯"

긴장과 초조함으로 심장이 마구 벌렁벌렁 뛰었다. 순간 친구 경칠이가 자랑하던 미국의 모습이 사라져가고 있었다. 제기랄! 얼마나 기대하며 양순이와 꿈꾸어 오던 새로운 세계였던가? 이젠 영 틀렸구나. 한편으론 두렵기도 하고 불길한 예감도 스쳤다. 나는 왜 이리 운이 없는 걸까? 여기까지 다 나와서 들통 날 게 뭐야. 짜증나고 신경질이 났다. 항공료만 해도 나의 석 달 치 월급이었다. 이제 다시 한국에 추방되어 가면 뭐라 해야 하나? 나는 잠시 동안 머뭇거렸다. 그러나 별다른 방법이 없어 방금 전에 만난 여승무원이 있는 곳으로 초라하게 저벅저벅 걸어갔다.

"제가 유진국인데요."

여승무원은 미소를 지으며 대답했다.

"다시 서울로 가는 비행기 표를 놓고 가셨습니다. 우리 비행기에서 내리신 분이라 알려드렸어요. 즐거운 여행 되십시오."

그녀가 한국행 비행기 표를 나의 손에 얹어주었다 여승무원은 경쾌하게 구둣발소리를 따각따각 내면서 되돌아갔다. 밖으로 나오자마자 담배를 한 대 꺼내 입에 문 뒤, 저 멀리 허공을 바라보았다. 로스앤젤레스의 푸른 하늘은 내 고향 경포대 앞바다의 연한 에메랄드빛과도 닮아 넓게 펼쳐놓은 고운 비단 같았다. 멀리서 불어오는 산들바람이 내 얼굴을 부드럽고 시원하게 스쳐갔다. 이 푸른 대륙에서 내 미래는 푸른 하늘이 되고, 푸른 구름이 되고 푸른 바람이 되리라.


공항으로 마중을 나와준 사람은 강릉에서 같은 중학교를 다녔던 '박경칠'이었다. 디즈니랜드 근처에 살고 있는 그는 하얀색의 멋진 차를 가지고 왔다. 그는 벌써 이마가 벗겨지고 두껍고 둥근 쌍꺼풀이 진 큰 눈으로 변해 있었다. 그의 집은 공항에서 차로 한 시간 정도 떨어진 오렌지카운티에 있는 가든 그로브 시에 있었다. 미군과 결혼한 어머니와 한국에서부터 사귀던 여자 친구와

동거 중이었다.

차는 플라워 스트릿이라 써진 팻말을 지나서 아이들 놀이터가 있는 파릇파릇하게 잘 다듬어진 잔디 공원을 한가운데 두고 빙그르르 돌았다. 그렇게 작은 에브뉴 길로 들어섰다. 마을 길 양옆, 무성히 우거진 큰 나무들 사이로 황금빛 눈부신 햇살이 비추었다. 이파리들 사이사이로 연보라색 꽃들이 흐드러지게 하늘하늘거렸다. 플라워 길 양쪽으로 온 동네는 화려한 보랏빛 꽃 터널이었다.

"저 가로수가 자카란다라고 하는 꽃나무야. 오월이 되면 메마른 나뭇가지에서 먼저 꽃이 피거든. 그다음 한 달 정도 지나면 꽃이 진 자리에 초록 이파리가 돋아나와. 이곳 캘리포니아의 상징적인 나무지."

경칠이 말해줬다. 고운 봄의 향기로움과 함께 처음으로 본 자카란다 꽃은 아주 작은 보라색 종(Bell) 같았다. 바람에 흩날려 떨어지는 자카란다 꽃잎은 주변의 도로나 잔디밭마저 보랏빛으로 수놓으며 이리저리 너울거리고 있었다. 보라색으로 물든 꽃나무를 보니 어릴 때 부모님과 함께 창경궁 벚꽃놀이를 갔던 때가 아련히 떠올랐다. 그땐 그게 행복인줄 몰랐던 아련한 추억이었다. 온 천지가 덮이듯이 약간 길쭉한 '자카란다' 나무의 꽃망울 모습은 꼭 아기나팔꽃이라 이름 지어야 알맞으리라.

연보라색 꽃잎들은 바람이 불 때마다 한들한들 나부끼며 가지에서 떨어졌다. 공항에서의 조명자 얼굴이 자꾸만 스쳐 지나갔다. 그녀는 헤어지는 것이 못내 아쉬운 듯 갈 생각을 안 하고 엉성하게 말끝을 흐렸었다. 그녀는 "며칠 뒤에 꼭 연락 주셔야 되요. 우리집은 부에나 팍이에요."라면서 내게 전화번호를 건네주었다.

*

동네 사람들은 우리집을 가리켜 '예쁜이네' 라고 불렀다. '예쁜이'는 우리 엄마를 가리키는 말이었다. 아버지는 강릉에서 개인택시를 운전했다. 어머니는 열일곱 나이에 열 살 많은 아버지와 결혼해서 진일이 형, 나, 여동생 진희 이렇게 삼 남매를 낳았다. 어머니는 장바구니를 들고 카바레를 드나들었다. 어머니의 외출 핑계는 "아이들 데리고 극장구경 다녀왔어요."였다. 그러면 종일 기다리던 아버지는 "정말이지?" 하시며 화를 가라앉히는 듯 보였다. 하지만 늘 가슴속 불덩이가 삭정이가 될 때까지 막걸리를 마셔댔다. 아버지의 유일한 친구는 막걸리 주전자였다. 노란 주전자 위의 동그란 뚜껑은 몇 번씩이나 엎어져 나동그라졌다. 아버지의 술주정은 쨍그랑 소리와 함께 툭 시작됐다. 깨진 유리창의 틈새로 들어오는 매섭고 추운 칼바람은 우리의 미래가 되었다. 우리들은 오들오들 떨면서 무서운 싸움이 끝나기를 기다리다 잠이 들곤 했다. 어느 해 봄, 어머니는 여동생인 진희만 데리고 집을 나간 뒤 영영 들어오질 않았다. 시장바구니 들고 캬바레에 드나들다가 춤바람이 나서 열한 살이나 연하인 새파랗게 어린 남자를 만난 것이었다. 그 일 이후로 아버지는 어머니를 찾으러 외갓집이나 지인들의 집을 쥐 잡듯이 뒤지고 다녔다. 아버지의 가슴은 치밀어 오르는 불덩이를 삭이지 못해 결국엔 병을 얻었다. 아버지가 그렇게 일찍 돌아가시게 된 것은 순전히 어머니 때문이었다. 분노와 배신의 술로 세월을 보내던 울화병은 당뇨로 이어져 아버지는 2년간이나 병원생활을 하였다. 아버지는 오십 살을 얼마 앞둔 어느 날 "네 어머니를 만나거든 내 사랑은 저 세상에서도 계속될 것이라고 전해주어라."라는 유언과 함께 돌아가셨다.

중학교 2학년생이었던 내게 남긴 아버지의 유산은 겨우 빗방울만 가릴 수 있는 문간방 하나였다. 한 명의 피붙이인 진일이 형도 친구들과 패싸움으로 소년원에 들어간 지 일 년쯤 되었을 때였다. 중학교 졸업식 날은 아무도 없이 혼자만 참석했다. 열네 살의 나는 바다 한가운데 떠 있는 나뭇조각에 온 생명을 걸고 있는 표류자보다 더 외로운 처지가 되었다.

그 후 십 년이 홀로 울면서 흘러갔다.

아버지 친구가 사장인 성수동에 있는 형광등 만드는 공장에 다
니게 되었다. 그곳에서 만난 '서양순'이라는 동갑내기 여자랑 첫
사랑을 하게 되었다. 양순의 키는 보통이었지만, 갈대처럼 휘청
거리는 허리와 함박꽃같이 하얀 피부가 예쁘장해 보였다. 그녀는
쌍꺼풀이 없는 작고 동그란 눈으로 웃었다. 고운 모습을 쳐다보
고만 있어도 내 가슴은 떨려왔다. 내가 그녀와 이야기를 나눌 때
면 그 음성은 아름다운 음악으로 들렸다. 슬그머니 내가 손을 잡
았을 때 그녀가 부끄러워하는 표정도 너무 사랑스럽고 귀여웠다.
양순은 깍쟁이면서도 남의 슬픈 일에 공감을 잘하는 가슴이 따뜻
한 여자였다. 그녀를 알게 된 이후 양순의 존재는 내 생활의 전부
였고 삶의 목적이 되었다. 나는 그녀가 원하는 것은 무엇이든지
다 해주고 싶었다. 식사할 때는 양순이가 먼저 맛있게 먹는 모습
을 바라보다가 먹고 남은 음식을 먹었다. 마음은 항상 행복으로
가득 찼고 매일매일이 즐거웠다. 하지만 공장 기숙사에서 숙박하
고 있는 형편인 나에게 양순과 함께 살아야 할 공간이 꼭 필요하
다는 사실은 언제나 마음을 어둡고 침울하게 만들었다.

"진국 씨! 우리도 독수리 사냥하러 갈까?"

"독수리 사냥?"

"미국을 상징하는 새가 독수리래. 미국 시민권자와 결혼해서

영주권을 받는 것이 독수리 사냥인데 우리도 미국에 가서 집 걱정 없이 살아보자. 응?"

"……."

나는 딱히 대답할 말을 찾지 못했다.

"미국은 여기같이 전셋방이 없고 아파트 월세만 있어서 목돈 없이도 잘살 수가 있대. 진국 씨가 먼저 가서 자리 잡고 나는 뒤에 가면 되잖아. 미국 결혼 알선해주는 사람이 있는데 일 년이면 이혼하고 우리가 다시 결혼하여 영주권을 신청할 수 있대……."

결론은 미국에 가서 살고 싶다는 양순의 바람이었다. 그때부터 이민을 갈 수 있는 모든 방법을 찾아보았다. 그러나 위장 결혼 이외에는 다른 방법이 없다는 것으로 결론지었다. 미국이민을 알선해주는 브로커, 조명자의 오빠를 만나 서류상의 결혼으로 일을 진행했다. 내가 먼저 미국에 입국한 뒤에 양순이는 나중에 혼자 오게 할 계획이었다.


LA에서의 미국 생활은 시작부터 우툴두툴한 거칠음이었다. 미국에 사는 한국 사람은 맨 처음 공항에 내렸을 때 어떤 직업을 가진 사람이 마중하러 나왔느냐에 따라서 그 사람의 진로가 정해진다고 한다. 나도 페인트공인 경칠이를 미국에 입국한 다음날부터 따라나섰다. 그는 새벽 7시에 나를 일터에 내려준 뒤 하루 종일 어디로 사라졌다가 어둑해지면 나타났다. 페인트 일이 서툴러 옷이 다 축축해지도록 하루 온종일 땀 흘리며 일한 내게 경칠은 이렇게 말했다.

"쨔샤! 다른 사람 같으면 네 시간이면 다 끝내는 일이야. 여태껏 칠하고 있으면 아웃사이드 스프레이는 내일도 해야 하잖아. 아직 롤링도 다 못했으니. 미안하지만 네 인건비는 계산해줄 수가 없다."

페인트 일 시작한 지 3일쯤부터 캘리포니아의 뜨거운 햇볕에 그을린 피부는 벌겋게 달아올라 한 꺼풀씩 너덜너덜 허옇게 밀리며 벗겨졌다. 마치 누에고치가 허물을 벗고 새로운 세계로 나가 사는 것처럼, 내 살갗은 세 번씩이나 두 팔뚝과 등, 얼굴의 피부가 공중목욕탕에서 퉁퉁 불은 때를 빡빡 밀어내는 것처럼 벗겨져 나갔다. 경칠 녀석은 툭하면 기술타령이었다.

"진국아, 미국은 기술 없으면 살 수 없는 나라야. 너는 나한테 '뺑끼' 칠 배우는 것만 해도 고맙게 생각해야 돼."

그 후로도 경칠은 이리저리 핑계를 대며 여섯 달 동안 일만 시키고, 먹고 자는 일 이외에는 단 한 푼도 일당을 주지 않았다. 양순이와 함께 모아서 가져온 돈도 다 떨어져 도저히 지낼 수가 없게 되었다. 나는 후회하였다. 언제쯤이나 양순이와 편안한 집에서 함께 밥 먹고 같이 잠자면서 지낼 수 있는지 아득히 멀기만 하

자카란다의 사랑

였다. 처음인 초행길 숲속을 달도 없는 그믐밤에 깜깜한 밤길을 무턱대고 한 발씩 내딛는 기분이었다. 결국엔 페인트 가게에서 알게 된 김씨라는 사람과 함께 룸메이트를 하기로 하고 경칠의 집을 나왔다.

"진국 씨도 이런 카드 받으려고 저와 결혼한 거예요. 영주권 또는 그린카드라고 부르기도 해요."

한국의 주민등록증 크기의 플라스틱에는 옆얼굴의 명자의 오른쪽 귀만 보이며 먼 곳을 바라보고 있었다. 그 위에는 '퍼머넌트 레지던트 카드'라고 쓰여 있었다. 이 영주권이 없이 불법체류자로 미국 안에서 살아간다는 것은 부모 잃은 고아 신세나 다름이 없다. 한국의 명문학교 출신들도 취직할 수가 없어 청소나 잔디 깎는 일, 수영장 청소 또는 나처럼 페인트 일 같은 막노동밖에는 할 일이 없다. 또한 그들의 자녀들은 아무리 똑똑해도 대학에서 받아주질 않았다. 제대로 된 변변한 직업의 길은 항상 멀리에 있었다. 한국과 미국에서 이산가족이 되어 생이별하고 있는 사람들의 수가 몇십만 명이라는 통계는 신문지상에서 항상 떠들고 있는 숫자였다. 언제 추방당할지 모르는 불안감에 싸여 친한 사람에게조차도 말 못하는 벙어리로 살아야만 되는 것을 생각하면, 바로 이 조그만 영주권의 위대함을 알 수 있었다. 나도 이민 알선

업체에다 그동안 일 년 치 월급과 양순이가 모은 돈과 양순의 언니한테 빌려온 돈을 합쳐 3만 달러를 주고 조명자와 위장 결혼을 했다. 미국에서는 시민권자 사람과의 결혼만이 가장 빠르게 영주권을 얻을 수 있는 제도를 이용하려는 것이었다. 조명자는 영주권자였지만 이미 시민권 신청을 해서 시험까지 합격해놓은 상태였다. 두어 달 뒤에 선서식을 앞두고 있어 이민 브로커하는 그녀의 오빠가 한번 목돈이나 만져보자고 설득하는 바람에 나와의 결혼이 이루어진 것이다. 우리의 위장 결혼으로 내가 영주권을 받게 되면, 6개월쯤 지난 뒤에 이혼하고 나는 양순이와 다시 결혼할 것이다. 그 뒤에 가족 초청 이민으로 미국에 데리고 오는 것이 우리의 독수리 사냥작전이었다. 또한 천사의 도시 엘에이에서는 양순이가 가장 좋아하는 베이컨과 스테이크를 맘껏 먹일 수 있었다. 나는 둘이서만 함께 살고 싶은 조급한 마음에 조명자를 만나게 된 것이다. 조명자가 시민권 증서를 받고 한 달이 되면 결혼식을 하기로 했다. 나와 조명자의 결혼식은 하루 만에 모든 증명서를 발급받을 수 있는 라스베이거스에 가는 날짜를 잡았다. 경칠이가 부러워서 못 견디겠다는 표정으로 물었다.

"그곳에서 결혼식 끝나면 하루 자고 오는 거지?"

"거기서 밤 11시 마지막 비행기로 오려고 하는데……."

내가 어설프게 응답했다. 그는 너무 어이없어 했다. 한심하다는 뜻의 눈으로 그리고 자신이 잘 아는 이성관계 이야기를 이런 말로 내게 충고했다.

"진국아! 미국은 여자 만나기가 쉽지 않은 곳이야. 사십이 넘도록 결혼도 못해본 노총각들이 너무 많아. 왕년엔 여자들한테 꽤나 인기 있던 사내들도 마찬가지야. 또 이혼당한 쉰내 나는 홀아비들이 넘치는 곳이야. 기회는 항상 있는 게 아니라구. 공짜나 마찬가진데 잘해봐라. 나중에 후회하지 말고……."

"글쎄……."

사실 위장 결혼임이 밝혀질 경우 둘 다 무거운 죄인으로 분류되어 한국으로 추방당한다. 우리가 평생 만져보지도 못할 금액의 벌금을 무는 것과 함께 다시는 미국에 들어올 수 없다고 했다. 은근히 겁도 나고, 다시는 양순이를 만나지도 못하고 먼 이국에서 감옥에라도 가게 되면 어쩌나 하는 걱정으로 며칠을 방황하기도 했다.

조명자와 내가 결혼하기로 되어 있는 날은 시월의 마지막 토요일이었다. 아침 일찍 그녀의 집에 도착하여 빼놓은 서류가 없는지 확인한 후 함께 출발하였다. 이따금씩 옆에 있는 이 여자가 서양순이라면 얼마나 좋을까? 참 오늘 같은 날은 결혼식하기에 알맞은 날씨로군 하고 생각했다. 인디안 썸머의 따가운 가을 햇볕 때문에 이마에는 송글송글 땀이 맺혔다. 스물세 살의 명자는 뺨에는 복숭앗빛이 났고 도톰한 입술에 살색 립스틱을 발라 신부처럼 우아하게 꾸몄다. 긴 생머리는 한 갈래로 묶어 밝은 적갈색의 헝겊을 리본으로 만들어 감아올리고 손톱엔 진홍빛 매니큐어를 발랐다. 끈 없는 높은 분홍 슬리퍼를 신고 하얀 줄무늬가 있는 바다 색깔의 원피스를 입었다. 그녀와 나는 네바다주에 있는 휘황찬란한 라스베이거스로 사탕같이 달콤하고 빛나는 사막을 향해 길을 떠났다. 공항에는 '에릭'이라는 한국 남자가 기다리고 있었다. 라스베이거스에서 결혼증서를 진행해주는 일로 짭잘한 수입을 올리는 알선 브로커였다. 그가 우리를 데리고 간곳은 어느 뒷골목의 우중충한 건물의 웨딩 채플이었다. 에릭은 우리 결혼식의 증인이 되어주었다. 조명자와의 결혼식은 미국인 목사가 서류에 사인하는 것으로 10분 만에 모든 절차가 끝이 났다. 입고 간 옷 그대로 결혼사진도 에릭이 몇 장 찍어두었다. 나중에 이민국에서 영주권 인터뷰를 할 때 제출해야 한다고 했다.

결혼식 직후에 에릭이 우리를 데리고 간 곳은 클락 카운티 법원이었다. 클락 카운티 법원은 미국 내에서 결혼 신고가 비교적 간단한 편이라 이제 막 급하게 결혼한 젊은 연인들이 많이 찾는 곳이라 했다. "이곳 네바다주는 카지노 수입 다음으로 웨딩 채플과 결혼라이센스 발행 수수료로 유지된답니다."라고 에릭이 설명해줬다.

미국 전 지역에서 라스베이거스로 결혼이나 이혼을 하러 몰려온 사람들은 너무 많았다. 우리도 한 시간을 길게 줄 서서 기다렸다. 미국인 목사가 사인한 결혼증명서를 접수시키면서 결혼 라이센스를 신청하였다. 오늘 접수시키면 일주일쯤 뒤에야 라이센스 서류가 나온다고 하였다. 에릭은 맡은 일이 끝나자 "300달러만 주세요." 했다

돈을 건네자 그는 "일주일 후에 결혼 서류와 결혼사진은 집주소로 보낼게요."라고 한마디만 던진 뒤 차를 타고 가버렸다. 비행기를 타려면 아직 다섯 시간 정도 남아 있었다.

"그래도 결혼한 날인데 근사한 저녁이라도 먹어야겠지요?"

어색한 분위기를 염려해 내가 던진 말이었다.

"기왕 여기까지 왔으니 슬롯머신이나 한번 당기고 가요."

그녀가 대답했다. 조명자는 라스베이거스의 분위기를 즐기고 싶어 했다. 사방에서 '딩딩딩' 하고 동전이 떨어지는 소리, 옆자리에 있던 잭팟을 터뜨린 백인 노인이 지르는 환호성, 미니스커트 아가씨의 음료서비스, 화려한 오색 네온 조명들…….

라스베이거스에서 늦은 밤까지 저녁도 굶고 도박세계로 빠져들어 갔다. 나는 사라지는 돈이 아까워 25센트 쓰리세븐에 자릴 잡았다. 2백 달러가 순식간에 기계 속으로 들어가 버렸다. 화면에는 달랑거리며 금방 잭팟을 맞을 것 같은 예감이 들었다. 나머

지 갖고 있던 돈을 전부 집어넣었다. 옆자리의 그녀도 갖고 있던 돈을 날리고 마지막 1백 달러가 남았다고 했다. 그 돈을 빌려서 다시 기계에 넣었다. 갑자기 슬롯머신에서 삐삐 소리가 나더니 기계 꼭대기 위의 노란등의 불이 켜지면서 빙글빙글 돌아갔다.

"더블 다이아몬드 3개가 맞았어요! 와 얼마지? 얼마 맞힌 거예요?"

어안이 벙벙해져 정신을 차릴 수가 없었다. 카지노 호텔의 시큐리티 가드 몇 명이 내 주위를 빙 둘러섰다. 스텝진들이 나의 신분증을 확인한 뒤에 건네준 빳빳한 백 달러짜리 지폐는 모두 2천 달러였다. 비행기를 탈 시간까지는 아직 2시간이나 더 남아 있었다. 이번엔 2만 달러가 눈에 어른거렸다. 오늘은 무지 운이 좋은 날이야. 결혼한 날이고 잭팟도 맞았으니 딱 한 번만 더 당겨보자. 이번엔 잭팟 상금액이 훨씬 많은 1달러짜리 슬롯머신에 베팅하려고 앉았다. 일순간에 더 큰 돈을 가질 수 있다는 황홀한 유혹에 휩쓸렸다. 한 번 누르는데 까짓 거, 하면서 3달러씩 눌렀다. 1달러짜리 슬롯머신은 내 지갑에 가지고 있던 돈 모두를 순식간에 먹어버렸다. 알맹이 없는 껍데기뿐인 결혼식을 치른 뒤 불과 서너 시간 만의 일이었다. 한 달 동안 페인트 일해서 번 일당까지 기계는 몽땅 다 가져가 버렸다. 그녀와 내 지갑엔 99센트짜리 맥도널드 햄버거 하나 사먹을 여유조차 남아 있지 않았다. 낮에 먹었던 종이컵에 리필해서 마시는 콜라 맛이 매우 씁쓸하였다.

　이민국 사람들은 항상 새벽에 들이닥친다고 했다. 그래야 둘이 한집에서 같이 지내고 있는지 확인할 수 있다고 한다. 나는 함께 살고 있다는 증거를 보여주기 위해서 헌 신발 몇 짝과 양복, 그리고 입던 옷가지들을 그녀 집에 가져다 놓았다. 조명자는 유진국 내 이름으로 그 집의 모든 페이먼트 청구서를 바꿔 놓았다. 아파트의 계약서도 매니저한테 부탁하여 바꿔 놓았다고 하였다. 전기, 전화요금을 비롯하여 가전제품 구입, 헬스클럽 회원권도 모두 우리 둘의 이름으로 사인했다.
　나는 매일 새벽 6시에 명자의 집인 부에나팍에 가 있었다. 내가 사는 곳에서 삼십 분 거리에 있지만 2년 동안 단 하루도 거르지 않았다. 그녀의 집에 들어가서 십 분 만에 커피 한 잔만 들고 나오는 저릿저릿한 생활을 하였다. 어느 날엔 아파트 입구에 백인 남자가 차 안에 앉아 있었다. 틀림없이 이민국에서 조사하러 나온 사람이구나 하고 당황한 적도 있었다. 그러나 그런 일은 일어나지 않았다. 이제 페인트 일도 기술자로 인정받고 큰 회사의 하청을 받아서 일을 하니까 수입도 조금씩 안정되어 갔다. 그렇게 일 년이 지나갔다. 양순의 편지를 받았던 어느 날이었다. 그녀의 따스했던 살 속의 감촉이 너무 그리워져 견딜 수가 없었다. 저녁을 먹은 뒤였지만 털털거리는 차를 몰고 밖으로 나왔다. 가든 그로브 길에 한국 사람이 운영한다는 나이트클럽 '레인보우'에 들어갔다. 한쪽 편에서 두 명의 히스패닉이 술을 마시면서 떠들고 있었다. 입구 오른쪽 테이블에는 몸집이 작고 가무잡잡한 여자가 손거울을 보면서 작은 눈을 크게 보이고 싶은지 연신 눈썹을 올리느라 열심이었다. 나는 뒤쪽으로 걸어가 끝자리에 털썩 앉았다. 조금 뒤 언제 보았는지 젖가슴 골이 보이도록 파인 까만 미니원피스를 입은 그녀가 반짝이는 진줏빛 귀고리를 찰랑거리며 내 옆에 와서 앉았다. 눈꺼풀이 움푹 파인 보라색 스카프의 낯익은 얼굴이었다.

"제 이름은 자카란다라고 합니다. 아! 이 동네에 사시는군요."

"그러게요. 넓고도 좁은 게 미국이라더니."

"술이 마시고 싶어요. 한잔만 사 주실래요?"

"술 동무가 돼줘서 내가 더 고마운데요. 한 잔 아니라 열 잔이라도 좋지요."

그리곤 이것저것 안주와 술을 시키며 마치 왕을 대접하듯이 내게 서비스를 해주었다. 매상 올리려고 자꾸 들이켜던 멕시코산 데킬라에 그녀가 먼저 취했다. 그녀는 자신의 신세 한탄을 늘어놓았다.

"한국에서 동두천에 살 때 미군을 만나 결혼했어요. 미국까지

자카란다의 사랑

와서 아들 하나를 낳았지요. 그런데 남편이란 작자가 새까만 동양 여자라고 점점 미워하고 구박하더니 결국엔 백인 여자랑 바람이 났어요. 임신까지 했다고 하니 내가 포기했지요. 그 집을 나와서 먹고살려니 나이트클럽에 다녔었죠. 나도 복수하듯이 한국 남자를 만나서 사랑했어요. 그 남자랑 결혼도 했고 한동안 오순도순 예쁘게 살았지요. 그런데 그 자식은 또 술과 도박으로 세월아 네월아 하면서 일도 안 하고 빈둥거리는 거예요. 거기에 손찌검까지 하니 도저히 같이 살 수가 없었어요. 다시 이혼하고 지금은 중국 남자랑 한 집에 그냥 살고 있어요."

그녀는 한숨을 내쉰 뒤 담배에 불을 붙이며 이렇게 말했다.

"그런데 얼마나 되놈인지 아세요? 마켓에서 식품 구입하는 것까지 미주알고주알 다 참견해요. 왕소금보다 더 짜고 지독한 족속이 중국놈들이에요. 어찌나 의심이 많은지 이렇게 손님이 사주는 술이나 얻어 마신답니다. 나는 보라색을 너무 좋아해서 미국 이름을 자카란다로 지었지만 한국에서 내 성은 장씨였어요. 지금은 세 번 결혼한 남편의 성이 붙어 있어 매퀸 박 챠우 춘자가 되었지만요."

그녀의 넋두리는 그 술집이 새벽 2시에 문을 닫을 때까지 계속되었다.

결혼 서류로 이민국에 영주권 신청한 지 2년 하고도 3개월 되었을 때 인터뷰하러 오라는 통지서가 왔다. "자슥아! 3만 달러씩이나 주고 결혼했으면 데리고 살다가 팽개쳐도 괜찮아. 이민국에서 '어젯밤에는 섹스를 했느냐? 어떤 체위였느냐? 무슨 색의 팬티를 입었는가?' 다 물어 본다더라."라면서 연신 받아놓은 밥상을 차버리지 말라고 당부했다. 순간 한국의 양순이 얼굴이 클로즈업되었다. 사골을 많이 넣고 오래 끓여서 뽀얗게 된 국물이 진하다고 진국, 자기는 알짜배기 국물처럼 진국이야 진국, 하면서 나를 믿어주고 사랑해주던 여자가 서양순이었다.

월급 받았다고 저녁상 차려놓은 어느 날, 그녀의 말이 내 귀를 계속 맴돌았다. 나는 일단 그냥 부딪혀 보기로 마음먹었다. 인터뷰 날 아침은 더 이른 새벽에 조명자의 아파트에 도착했다. 콩나물국에 마른 멸치볶음, 김치, 김, 계란 프라이로 아침식사를 함께 했다. 이민 담당관이 질문하더라도 서로의 대답이 엇갈리지 않도록 신경을 곤두세웠다. 나는 그녀의 동생, 부모님, 한국의 주소를 메모하고, 생일이 언제이고 어디서 알게 되어 결혼하게 되었는지 등등 구체적인 사항들을 적어 달달 외웠다. 처음으로 입어보는 회색 양복은 조금 크게 느껴졌지만 워낙 귀공자같이 잘생겨서인지 멋있어 보였다. 이발소 무늬의 감색 넥타이를 매고 차에 조명자를 태운 뒤 이민국으로 향했다. 22번 프리웨이로 가다가 605번 프리웨이로 갈아탔다. 다시 5번으로 차선을 바꾸었다. 10번

웨스트로 접어들었다. 로스앤젤레스 스트릿에서 내려 우회전하여 계속 직진했다. 20가부터 시작해서 1가까지 가니까 오른편에 성조기를 펄럭이며 거만하게 서 있는 이민국 건물이 보였다. 아침 7시 반인데도 검색대가 있는 정문에는 많은 사람들이 길게 줄지어 한 명씩 들어가고 있었다. 나는 주머니 속에 있는 것은 다 꺼내어 바구니에 담았다. 벨트에 달린 버클 때문에 삐ー익 소리가 나는 바람에 벨트까지 벗어주었다. 자꾸만 내려가려는 바지 때문에 큰 허리춤을 두 손으로 부여잡고 건물 안으로 들어설 수 있었다. 엘리베이터로 올라간 뒤 우리가 내린 곳은 이층이었다. 208호실에 들어가자 50여 석의 의자에 거의 반 이상의 사람들이 앉아 있는 것이 보였다. 나는 조명자의 손을 꼭 잡았다. 그녀도 거부하는 몸짓을 하지 않았다. 이민 심사관이 묻는 말에 서로 다른 대답을 하지 말아야 할 텐데…… 기도하는 마음으로 눈을 꼬옥 감았다. 양순의 환하게 웃는 얼굴이 클로즈업되었다. 거기에는 양순에게 집적거리는 공장장 강씨의 능글맞은 얼굴도 함께 보였다. 징글 리스트로 불리는 유부남 강씨는 얼굴이 곱상한 여공들한테 여지없이 치근덕거리는 남자였다. 그 자의 손아귀에서 벗어나게 하려면 양순을 하루라도 빨리 이곳으로 데려와야 한다. 그러려면 지금 이 순간을 아무 의심없이 무사히 잘 넘겨야만 되는 것이다. 이런 마음의 상념들이 달아오르자 나는 단단히 결심을 했다. "꼭 영주권을 쟁취하여 양순이와 함께 재미있게 살아야지."라고 마음먹고는 조명자의 손을 힘껏 쥐고 자리에서 일어섰다. 인터뷰 시간은 8시 15분이었다. 드디어 내 이름을 부르는 소리가 들려왔다. 얼굴에 자잘한 주근깨가 많고 금테안경을 쓴 여자가 우리 담당이었다. 나이가 오십은 넘게 보였고, 아마도 필리핀 출신인 것 같았다. 그래도 첫인상이 그리 까다로울 것 같지는 않고 좋은 느낌이었다. 안경 너머로 우리 둘을 빤히 쳐다보면서 그녀가 물었다.

"집에 방은 몇 개 있습니까?"

"네, 하나입니다."

그녀의 눈을 똑바로 쳐다보면서 내가 대답하였다. 우리 둘의 표정과 행동이 어색하게 느껴지지 않도록 명자의 어깨를 오른팔로 감싸 안았다. 그러자 그녀도 오른손을 들어 내 손을 마주 잡아주었다.

"아파트 벽은 어떤 칼라입니까?"

이민 심사관은 이번에는 너희가 틀리겠지 하는 듯한 의심의 표정으로 우릴 쳐다보았다. 나는 매일 아침마다 보았던 그녀 집의 눈에 익은 칼라를 대답했다.

"라이트 핑크."

"아침에 집에서 나가는 출근시간이 몇 시입니까?"

"새벽 여섯 시……."

집에서 나가는 것이 아니라, 그녀 집에 들어가는 시간을 말했다. 전혀 생각지도 못했던 당황스런 질문이었지만 참 재치 있는 대답이었다.

심사관은 위장 결혼은 아닌 것 같다고 안심하는 표정으로 되물었다.

"어휴! 너희들은 참 대단하다. 어떻게 그리 일찍 일어날 수가 있느냐? 너희 한국 사람들은 무척 부지런하구나." 라면서도 그녀는 계속 우리 둘을 유심히 관찰하면서 주시하고 있다는 것을 알 수 있었다. 그녀가 갑자기 물었다.

"지난번 당신 와이프 생일에는 무엇을 선물하였습니까?"

순간 머릿속이 텅— 비어 나가는 것 같았다. 이건 둘이 말을 짜고 안했으니 아차 하고 앞뒤 말을 잘못하면 큰일이었다. 여기 미국인들은 시시껄렁한 아무것도 아닌 일에도 거짓말한다는 것이 밝혀지게 되면 그때부터 야단법석이다. 처음부터 철저히 다시 조사에 들어간다는 것을 알고 있는 나로서는 적잖이 걱정되는 막막한 상황이었다. 바로 그때 사랑하는 양순에게 언젠가 생일선물로 안개꽃에 가득 둘러싸여 있는 붉은 장미를 한아름 선물하였던 기억이 번쩍 떠올랐다. "빨강색 장미꽃 스물 네 송이."라고 말하고는 옆의 조명자의 발을 슬쩍 밟았다. 고개를 끄덕이던 필리핀

인 그녀는 또 엉뚱한 질문을 던졌다. "개를 기릅니까?"라면서 책
상 밑으로 엎드려 두루마리 휴지를 한 손으로 잡고 다른 손으로
는 두어 번 감아올리면서 물었다.

"예쓰."

나는 씩 웃으며 긴장한 듯이 대답하였다.

"이름은?"

이번에는 두 손으로 아까의 휴지를 코에다 대고 '패―앵'하고
는 코를 풀더니 다시 접어서 또 한 번 콧물을 닦아내었다. 나는
나를 몹시도 좋아하던 한국의 우리집 진돗개 이름을 말했다.

"순돌이"

"수 도 르?"

그녀는 지독한 감기가 들었는지 빨개진 코를 한 번 더 휴지로
닦아내며 우리를 물끄러미 쳐다보았다. 그녀가 다시 물었다.

"아이는 몇 낳을 거죠?"

"셋이요."

조명자는 마치 자신의 대답이 결정적인 순간의 승리자나 되는
것처럼 말했다. 그녀는 나와의 이 가짜 결혼을 진짜로 착각하는
것은 아닐까? 어디서 무슨 생각으로 아이를 셋이나 낳겠다고 하
는 건지 나는 짐작을 잡을 수가 없었다.

"이제 해외에 같이 여행해도 됩니다."

자카란다의 사랑

필리핀 여자는 피식 웃으며 내 사진이 붙어 있는 서류에 사인을 해주면서 말했다. 무슨 말인가 싶어 어리둥절했다. 조명자가 내 옆구리를 찌르며 말했다.

"패스했어요. 진국 씨! 이제 합격이에요."

오랜 시간 마음고생하게 했던 미국 땅에서 양순이와 함께 지낼 수 있는 그 영주권을 나도 가지게 되다니, 하고 생각하니 꿈속인 듯 현실감이 나질 않았다.

걱정했던 것과는 반대로 너무 쉽게 인터뷰가 끝난 것이 믿어지지 않았다. 나는 조명자에게 "오랜 시간 너무 고마웠어요. 우리 이 세상에서 제일 맛있는 음식 먹으러 갑시다."라고 하였다. 그녀도 진심으로 함께 기뻐해 주었다.

지루한 속병을 벗어버린 나는 미국에 온 이후로 처음으로 통쾌하게 웃었다. 누가 보면 칠뜨기라고 하겠다고 생각하고 참으려 해도 조금 있으면 너무 좋아서 자꾸만 입이 헤벌어지도록 미친놈처럼 웃게 되는 것이었다. 미국도 별거 아냐. 내가 계획한 독수리 사냥에서 멋지게 이긴 거야. 이젠 양순이만 오게 하면 우리 둘의 행복한 새날은 시작되는 거야. 참! 아이는 몇 명을 낳자고 할까? 비로소 나의 푸른 꿈은 봄처럼 새로워지려고 바빠지기 시작하였다.

오늘은 경칠이 녀석 불러내서 술이라도 한잔 내가 사야겠다고 생각했다. 그래도 그 녀석이 아메리칸 드림이 어쩌구 하면서 지상낙원이라고 떠드는 통에 양순이와 내가 바람이 들어 미국까지 와서 영주권을 받았으니 말이다. 우리는 엘에이 한인 타운에서 제일 맛있다고 소문난 한일관 음식점에서 뷔페로 점심을 배가 터지도록 실컷 먹었다. 그녀를 아파트에 데려다 주고 집으로 들어가기 전 우편함을 열어보니 먼 곳에서의 그리운 소식이 들어 있었다. 이제 우리도 함께 살을 비비적거리며 장난치면서 함께 살자고 답장해야지 하고 생각했다.

― 서양순이 감전사고로 사망하였슴. 2월 2일 오전 10시 시립병원에서 장례식 ―.

형광등 만드는 회사에서 보내온 짤막한 편지였다.

맑고 파란 하늘에서 별안간 날벼락이 떨어지고 천둥 번개를 동반한 검은 소나기가 억세게 퍼부어졌다.


다시 되돌아 나와서 털털거리는 차를 몰고 가든그로브로 향했다.

아까는 바보처럼 자꾸 웃음이 나오더니 지금은 양철지붕 위에 떨어지는 빗물처럼 계속 눈물이 두 볼을 타고 줄줄 흘러내렸다. 나이트클럽인 '레인보우'에 들어갔더니 자카란다가 데킬라를 마시면서 울고 있었다.

"글쎄 우리 아들 토니가 꿈에 나타나서 엄마가 너무 보고 싶다고 하잖아요. 그래서 두 달 만에 처음으로 전화했는데 자긴 마미가 한국 여자라는 사실이 창피해서 싫대요. 그리곤 다신 연락하지 말래요." 서럽게 울던 그녀는 조금 뒤 마리화나를 피우면 기분이 좀 좋아진다면서 내게도 한 개피 주는 것이었다. 그날 나는 새벽 동이 틀 때까지 주거니 받거니 하고 술을 미친 듯이 마셔댔다. 다음날은 화장실 변기통을 종일 붙들고 이 세상의 온갖 더러운 오물들을 모두 토해내었다. 그리곤 일주일 동안 높은 열로 헛소리를 해가며 몸살감기를 앓았다. 사랑이 깊으면 얼마나 깊어, 여섯 자 이내 몸이 헤어나오지 못할까.

*

이제 새벽에 부에나팍의 조명자의 아파트에 갈 일은 없어졌지만 가끔 전화통화는 하였다. 한 달이 되었을 즈음 나의 영주권 카드가 조명자의 집으로 배달되었다. 유효기간이 10년이라고 씌어 있는 오른쪽 옆에는 엄지손가락 윗부분의 지문이 찍혀져 있었다. 하지만 한국에 가서 만날 사람이 사라진 지금의 내게는 아무 소용이 없어진 플라스틱 카드였다. 잃어버린 추억의 조각처럼 빛이 바래가면서 일 년이 지나갔다. 제법 선선한 가을 날씨로 접어들었을 때 나는 조명자에게 전화를 걸었다.

"낼 모레 수요일에 같이 법원에 가서 이혼 서류에 사인 좀 해 줄래요?"

"꼭 그래야 돼요? 사랑은 움직이는 거예요."

그녀는 나와의 인연을 끊고 싶지 않아 자꾸만 미루었다. 난 모든 일에 의욕이 없었고 조명자를 비롯하여 모든 여자들한테도 시들해졌고, 세상살이에 무관심해져서 귀찮기만 했다.

"돈으로는 마음을 살 수가 없군요. 나는 당신의 껍데기만 살 수 있었네요."

결국에 우리는 이혼장에 사인하였다. 서양순은 영원히 나를 떠났지만, 아직도 그녀는 내 가슴에 남아 있었다. 언젠가는 다시 내게로 되돌아올 것만 같은, 그녀와의 결혼을 위해 서류를 정리해 두고 싶은 마음이 한구석에 있기도 했다.

다만 다시 누군가를 사랑한다는 일은 영 자신이 없어져 혼자 살기로 다짐했다. 조명자도 완벽하게 일이 끝나고 큰 목돈이 생겼다. 그 돈으로 다운 페이를 하고 투 베드룸의 조그만 타운 하우스를 구입하여 이사를 했다고 소식을 전해왔다. 조명자와의 위장 결혼은 한국에서만 두 집안의 호적등본에 흠집만 남긴 채 없었던 일이 되어버렸다. 그 후에 나는 그녀를 만난 일도, 만날 일도 없어져 버렸다.

*

    외로움의 도시 LA에서 단 하나뿐인 내 친구 박경칠이 어느 날 사라져버렸다.

    경을 칠 놈 같으니라구! 나한테 한마디 말도 없이 하늘로 솟았나? 그래서 이름도 경칠이라고 지었나. 하고 생각되었다. 그가 밤 사이 가족들과 도망을 갔다고 페인트 가게에서 만난 여러 사람들이 난리들이었다. 어떤 사람 말로는 라스베이거스로 매일같이 돈다발 들고 출근했다고 한다. 페인트 하청일 받은 사람들은 땀 흘리며 힘들게 일한 품삯도 못 받았다고 했다. 결국 빚에 몰리어 다른 주로 밤에 몰래 줄행랑쳤다는 것이다. 아마도 동부지역(뉴욕이나 워싱턴 같은)으로 갔을 거라는 추측뿐이었다. 행실이 미운 경칠이지만 내게는 미국 땅에서 단 한명밖에 없는 마음을 의지하던 친구가 사라져버린 것이었다. 한줄기 빛도 향기도 없는 LA가 정떨어지고 점점 싫어졌다. 나도 어디론가 슬그머니 무작정 떠나고 싶어졌다. 남미의 '에콰도르'라는 나라에서 살다가 미국에 온 지 3년 되었다는 '기쁨'이 아빠가 페인트 일 끝난 뒤 가진 술자리에서 하던 말이 떠올랐다

    "한국에서 다른 나라로 이사하는 것이 '이민'이고 그곳에서 다시 떠나는 것이 '삼민'이야. 그러니까 우리집은 삼민온 셈이

야……."

불현듯이 나도 삼민을 떠나볼까? 하고 고민하였다.

삼민을 가려고 가방 안에 차곡차곡 개어놓은 옷 몇 벌과 양말을 넣었다. 나는 언제든지 당장 떠날 준비가 되어있었다. 그러나 차일피일 미루면서 결단을 내리지 못하는 동안 을씨년스럽던 겨울이 지나갔다. 고독의 상징 보라색의 꽃나무인 '자카란다'가 이곳 캘리포니아의 거리들을 수놓으며 가득가득 피어나고 있는 봄이 되었다. 일주일 내내 비가 억수같이 퍼붓고 있었다. LA에 이렇게 큰 비가 오는 일은 매우 드물었다. 뉴스에서는 몇십 년 만의 이상기후에 호우주의보까지 있었다. 나같이 페인트칠하는 노가다 일은 비 오는 날이 공치는 날인 셈이다.

우리가 놀면 놀고 싶어 노나, 비 쏟아지는 날이 공치는 날이지.

요란스런 천둥 번개와 함께 굵은 빗줄기가 점점 거세어졌다. 천지를 뒤흔드는 빗소리에 놀란 듯 오렌지카운티의 검은 밤은 스멀스멀 무너져갔다.


하릴없이 한국의 TV연속극을 비디오로 보면서 혼자 쓰디쓴 소주를 홀짝였다. 드라마 내용이 정감어린 장면들과 매우 흡사하여 마냥 추억에 젖어 시린 마음을 달래며 뒹굴고 있었다.

쾅! 쾅! 쾅! 쾅!

어두운 빗소리처럼 낡은, 갈색 나무 현관문이 세차게 덜컹거리며 흔들거렸다. 나 혼자 살고 있는 아파트에 뜻밖에 보랏빛 스카프를 목에 감은 자카란다가 찾아왔다. 그녀는 우산도 없이 장대처럼 쏟아지는 비를 맞으며 서 있었다. 노랑 바바리코트의 어깨가 파르르 떨었다. 그녀가 두 손으로 꼭 잡고 있는 큰 검은 가방엔 한쪽 바퀴가 찌그러져 기울어 뒤뚱거렸다. 나는 식탁에 소주잔을 하나 더 놓으면서 말했다.

"이제 토니 아빠 집으로 들어가세요?"

안주도 없는 술을 홀짝홀짝 마시던 입술로 그녀가 대답했다.

"나…… 중국 남자와 헤어졌는데 오늘밤 당장 잘 곳이 없어요. 이젠 술도 안 마시고 마리화나도 끊을게요. 술 따르는 일도 이젠 지겹고요. 나한테 밥만 먹여주실래요?"

그녀는 천천히 내게로 가까이 다가왔다. 그리곤 세상살이에 지쳐 초라하게 낡고 바랜 얼굴로 내 가슴에 엎어져 안겨왔다. 자카란다는 딸꾹질을 꺼꾹꺼꾹하면서 흐느꼈다. 그 소리는 마치 제 둥지를 갖지 못한 뻐꾸기의 울음이었다. 자카란다의 눈물은 어느새 빗물로 바뀌어 긴긴밤을 줄기차게 내렸다. 유년시절 개구쟁이 친구들과 동네 뒷동산에 올라 꼭대기부터 데굴데굴 구르기 시합을 하던 장면이 떠올랐다. 가파른 언덕 아래로 한없이 뒹굴어져 내려갈 때 바위에 부딪힐까봐 두렵고 무서웠었다. 갑자기 자카란다의 보랏빛 꽃잎들이 내 가슴에서 분수처럼 솟아오르더니 폭포수로 변하여 쏟아져 내린다. 자카란다의 흩날리는 꽃잎 속에서 노랫말이 스쳐 지나간다. '자카란다는 화사한 행복이어라' 어디선가 세찬 비바람에 떨어져 나온 자카란다 보라꽃 이파리가 슬픈 종소리처럼 들려왔다.

　푸른 대륙에서 이제 마음 풀고, 푹 쉬어라.

부적

봄이를 들쳐업고, 홍성읍 버스 정거장으로 바삐 가는 발걸음에 다리가 후들후들거린다. 김행자는 가방 안의 부적이 행여 빠져버릴까 봐 다시 한번 짐보따리를 꽁꽁싸매었다. 뒷담의 연붉은 살구꽃들은 합창하듯이 예쁘게 피어 바람에 가지가 흔들릴 때마다 햇빛에 반짝거렸다. 이제 저 살구꽃이 지면 붉은빛 바탕에 노란색을 띠며열매는 동글동글게 익어갈 것이다. 그 인간은 지금도 읍내 술집에서 젓가락을 두드리며 니나노 오동추야를 부르고 있겠지. 김행자는 홍성읍에서 서울행 기차표를끊었다.

# 부적

해산날이 오늘 내일하는 스무 살의 김행자는 뒤채 골방에서 잠
듦도 눈뜸도 아닌 혼미한 상태로 누워 있었다. 뱃속에서 사르르
스쳐 지나가는 엷은 아픔을 느꼈다. 점점 시간이 갈수록 진통은
자주 찾아왔다. 봄 햇살처럼 환한 세상을 향해 나오려는 뱃속아
이와의 줄다리기는 극심한 진통이었다. 그녀는 부른 배를 감싸
안고 방바닥을 데굴데굴 구르고, 기어 다니면서 방벽을 박박 긁
어댔다. 아랫도리에서 치받아 올라오는 자지러지는 아픔은 시계
의 분침이 숫자에 닿을 때마다 휘몰아쳤다. 빈집이 들썩들썩할
만큼 고함을 계속 질러댔다. 이 서방은 들락날락하더니, 산파할
머니만 급히 들여보내 주었다.

"조금만 더. 더. 이제 까만 머리가 보인다!, 나온다! 나와! 한

번만 더 크게 힘 좀 줘봐."

이 세상을 향해 날아오르듯이 미끄덩하고 밀려나온 아기는 손과 발을 허공에 내저으며 아잉아잉 첫 울음을 터트렸다. 산파할머니는 불에다 담금질로 소독한 가위로 탯줄을 끊으며 말하였다.

"계집애여, 손바닥에 피를 한 점 움켜쥐고 나왔어. 이런 애는 처음 받아보네."

자욱한 피비린내로 꽉 차 있는 좁은 방안에서 대야의 따뜻한 물로 아이를 씻기기 시작한다. 잠시 뒤 아기의 배꼽과 연결되어 곱창같이 허옇고 구불구불한 탯줄에 달려있던 시뻘건 탯덩이가 물컹 빠져나왔다. 산파는 뒷마당에 마른장작을 모아놓고 성냥불을 지핀 후 어른 주먹만한 그 핏덩어리를 올려놓았다. 탯덩이는 선지같이 구멍이 숭숭 뚫려져가며 검게 타들어 갔다 한 아이가 이 세상에 나왔음을 알려주는 하얀 연기는 하늘로 푸른 하늘로 드높이 사라져갔다. 해질녘까지 한나절 동안 태워지던 태는 쪼그라들어 콩알만 한 몇 개의 검은 재로 변해버렸다.

"일 년 동안 이 사자머리를 허리에 차고 몸에서 떼지 말고 잘 때도 매고 자야 해. 몸에 부정이 타지 말 것과 위험이 피해가는 부적이닝께."

무당일도 하는 산파할머니는 소원과 액막이 되라고 사자 얼굴을 한 붉은 헝겊주머니를 건네주었다. 김행자는 속 고쟁이에 달린 주머니에 부적을 몰래 넣고 도망 못가도록 옷핀으로 찔러 단단히 고정시켰다. 아가야. 네 이름은 봄이야 봄이. 너는 저 살구꽃처럼 살아가거라. 그러니까 음력으로 작년 삼월 삼짇날, 강남 갔던 제비가 다시 돌아온다는 날의 일이었다.

　안채에 사는 큰마누라는 이른 아침부터 야단스럽게 들락날락 부산을 떨었다.
　모처럼 곱게 단장하고 친정집 조카 혼사에다, 또 서산 장날에 다녀오려는 까닭이다.
　드디어 대문 밖으로 사라지는 모습을 손가락으로 창호지에 구멍 뚫은 틈으로 내다본다. 며칠 전부터 코티 분가루도 다 떨어지고 요즘은 동동구리무만 얼굴에 바르고, 요리조리 거울 보려니 짜증이 하늘을 찌른다. 그래도 장미꽃 이파리 같은 빨강색 구찌벤이는 열심히 발라둔다. 젊고 예쁜 김행자를 아무리 미워해도 해산할 날이 멀지 않으니 장터에서 고기와 미역줄거리는 설마 사다주겠지 하고 은근히 바라는 마음이었다.
　뒷담에 한 그루 서 있는 거무스름한 살구나무 가지에는 보드라운 연분홍색 꽃봉오리들이 환하게 피어 눈이 부시다. 비스듬히 열려 있는 쪽문으로는 시린 봄바람이 살랑살랑 불어오고 낮달이 사르르 함빡 부서지던 한낮에 김행자는 봄이를 그렇게 순산했다.

부적

113

1965년. 봄이의 첫돌이 지나갔다. 봄이 시작된다는 입춘이 지난 지도 벌써 10일이 지나고 있었다. 살구꽃은 예쁘게 피어 바람난 봄 처녀의 들뜬 마음처럼 살랑거렸다. 혹독했던 지난겨울의 꽁꽁 얼어붙은 처마 끝의 고드름이 녹아내리고 다시 따뜻한 봄날이 온 것이다. 치사하고 더러운 첩살이를 이제 고만 집어치워야지 하고 벼르고 별러온 날들이었다. 두고 봐라! 이년 놈들아! 헌 구헌날 솟구치는 부아를 꾹꾹 누르고 오늘이 오기를 별렀다. 나 보고 맨날 밭에나 나가라고? 난 그렇게는 못산다. 못살아. 봄이랑 서울 가서 잘살 테다. 열아홉 꽃다운 나이에 이판사판 다 때려치우고, 죽기 살기로 매달린 첫사랑이었다. 그랬던 이 서방은 이러쿵저러쿵 큰마누라 눈치 보기에 바빠 제대로 위로의 엉덩이 두드림도 없었다. 농촌생활이란 게 다 그런 겨. 자네도 잘 배워봐. 미친놈 지랄하네. 네가 호사시켜준다고 해서 내가 따라왔지, 내게 이렇게 농사일 부려먹으려고 데려왔어? 젓가락이나 두드리던 하얀 손은 할 줄 모르는 콩밭매기에 모두 부르트고, 물집이 잡혔다. 긴 밭고랑을 한 골 지나고 나면 허리가 끊어질 듯이 아프고, 다리가 저려서 일어날 수가 없었다. 남편을 클럽에서 처음 만났던 날, 그는 술상 장단 두드리며 연거푸 노랫가락을 멋들어지게 뽑아냈다. 수줍어하는 나를 얼싸안고 춤추는 블루스, 지르박, 차차차 품새 동작에 반한 내가 미쳤었지. 마음이 다급하여졌다. 기

저귀랑 둘러업을 처네포대기, 봄이 옷과 붉은 헝겊 부적주머니를
단단하게 정리해 가방에 넣어놓았다. 김행자는 부엌에 있는 커다
란 독에서 고꾸라져가며 콩 두 말을 퍼서 부대 자루에 담았다. 똬
리를 틀어 머리에 얹으니, 사슴같이 긴 목이 자라처럼 쑤욱 들어
가 버렸다. 만석이네 정미소로 달음박질했다. 다듬잇돌에 옥양목
이불호청 두드릴 때처럼 가슴이 두방망이질을 해댔다. 동네 모퉁
이 길로 들어서자, 흙돌담 아래로 살구꽃 이파리들이 흩날리고
있었다. 서울에 갈 차비는 가까스로 마련이 되었다.

봄이를 들쳐업고, 홍성읍 버스 정거장으로 바삐 가는 발걸음에
다리가 후들후들거린다. 김행자는 가방 안의 부적이 행여 빠져버
릴까 봐 다시 한번 짐보따리를 꽁꽁 싸매었다. 뒷담의 연붉은 살
구꽃들은 합창하듯이 예쁘게 피어 바람에 가지가 흔들릴 때마다
햇빛에 반짝거렸다. 이제 저 살구꽃이 지면 붉은빛 바탕에 노란
색을 띠며 열매는 동글동글게 익어갈 것이다. 그 인간은 지금도
읍내 술집에서 젓가락을 두드리며 니나노 오동추야를 부르고
있겠지. 김행자는 홍성읍에서 서울행 기차표를 끊었다.


당장 몸 붙일 곳이 없어 찾아간 곳은 미아리 삼거리에 있는 직
업소개소라는 곳이었다.

여릿여릿하게 날씬하고, 눈웃음 살살거리는 예쁘장하게 생긴

김행자의 얼굴이었다.

위아래로 한번 훑어본 소개소에서는 그 동네에서 제법 큰 요릿집을 소개해 주었다.

요릿집에서는 김행자의 초라한 옷을 벗게 하고 당장 화사한 새 한복으로 갈아입혔다.

그리고 이제 막 발걸음 떼기 시작한 어린 봄이는 자기네가 맡아서 길러준다고 하였다. 김행자는 봄이랑 헤어지면서 기저귀 보따리 안에다 사자머리 붉은 주머니의 부적을 넣어주었다.

"아이는 우리가 잘 돌봐 줄테니까 걱정 말고 돈이나 많이 벌어 오게."

직업소개소에서의 알음알음으로 길음시장에 있는 국밥집에서는 용돈벌이로 아이를 맡게 되었다. 국밥집은 길음시장 상인들로 항상 바삐 움직여 봄이를 거두어줄 일손이 없었다. 봄이는 식당에 달린 문간방에서 온종일 붉은 부적주머니만 가지고 혼자 놀았다. 옆에는 빈 우유병과 과자 부스러기만 뒹굴고 있었다. 몇 번씩이나 오줌을 싸도 기저귀를 갈아주지 않아서, 봄이의 궁둥이는 항상 질척질척하였고, 잠지는 짓물러서 벌겋게 되었다. 식사하러 온 손님들이 "아유 고것 참 예쁘게 생겼네." 하고 아는 척을 해주면 사람 정이 그리운 아이는 대롱대롱 착 안겨서 떨어지려고 하질 않았다. 아이는 언제나 울다 울다가 지치면 한 귀퉁이에서 새우등 모양을 하고 혼자 잠들었다.

　구두수선공인 윤씨는 원래 아이들을 매우 좋아하였다. 그는 국밥집에서 항상 점심을 먹었다. 윤씨는 봄이가 잘 따르고 귀여워 매일 놀아주면서 안아주곤 했다. 어느 날 국밥집 주인 여자가 "저 아이를 길러주면 먹을 것 다 대주고 한 달에 이천 원 준다고 하니 데려다가 키워줄래요?" 윤씨의 말을 전해들은 그 부인은 그 다음날로 봄이를 업어서 삼양동 집으로 데리고 왔다. 딸만 셋 있던 윤씨 집은 정말로 딸부잣집이 되었다. 영화배우 문희를 닮아서 눈이 크고 예쁜 큰언니 가선이가 스물셋, 웃는 얼굴이 해맑은 나선 언니가 중학교 1학년, 짙은 눈썹의 막내 다선 언니가 일곱 살이었다. 김행자는 봄이가 운명적인 윤씨 집으로 가서 자라게 된 건 붉은 부적의 힘이라고 철석같이 믿었다. 붉은 사자머리 속에는 주물(주술의 위력이 있는 물건) 검정색 개의 털, 복숭아나무 가지 7개, 붉은팥 7개, 바늘 7개, 주사(붉은색) 덩어리 등을 솜으로 똘똘 말아 주머니에 넣고 봉한 것이 효력이 있다고 하였다.
　윤씨 부인은 직접 낳은 딸들보다 가엾은 봄이를 더 예뻐해 주었다. 맛있는 먹거리도 항상 봄에게만 먹였다. 김행자는 요릿집에서 막걸리와 노래를 팔아 예쁜 옷과 먹을 것을 삼양동 집으로 보냈다. 봄은 생모인 김행자 엄마의 별명을 까까엄마라고 부르고, 윤씨 부인을 엄마라고 불렀다. 봄이가 다섯 살 되던 해 겨울, 가선이 큰언니는 부잣집으로 시집을 갔다.

"엄마! 이 담에 크면 가수로 돈 많이 벌어서 큰언니보다 더 내가 잘살 거야. 돈 벌어도 까까엄마는 쪼금만 주고, 우리 엄마는 아주 많이 갖다 줄 거야."

봄은 큰언니보다 더 부자로 살고 싶다고 노래를 불렀다. 봄은 윤씨네 식구들의 사랑을 받으며 언니들과 함께 평범한 유년기를 보냈다.

십여 년이 지나가고 김행자는 퇴물이 되어 요릿집에도 못나가게 되었다.

그리고 언제부터인지 윤씨 집의 가족이 되어버린 봄을 만나러 오지도 않았다.

봄은 결국 초등학교 5학년 때, 생모인 김행자의 집으로 들어가게 되었다.

중학교 3학년 겨울까지 살았던 5년 동안 김행자와 봄은 모녀지간이 아니었다.

그 5년의 사춘기 시기는 봄의 생애에서 바리데기로 전락한 가장 처절하고 슬픈 시기였다. 김행자는 안암동시장 개천 건너 언덕배기에 있는 한옥집 문간방에 살고 있었다. 대학근처의 다방에서 얼굴마담을 하던 김행자는 학교 정문 수위와 살림을 차렸다.

그리곤 봄이 6학년이던 그해 가을에 딸 갈이를 낳았다.

모성애에 눈을 뜨게 된 김행자는 자식 기르는 기쁨을 알게 되었다

김행자는 제법 나긋나긋 여자 태가 나기 시작한 다 큰 계집애가 있는 단칸방이 거슬렸다. 봄은 한옥집 좁은 단칸방 차가운 윗목에서 새우잠을 잤다.

한밤중에 철거덕철거덕 숨이 차서 씩씩거리는 소리에 잠이 깬다. 자는 척 하면서 봄이의 귀는 철거덕 소리에 쏠려있었다. 갈이 아빠는 항상 밤 11시쯤 되면 일어나서 본처 집으로 갔다. 갈이와 세 식구만 오순도순 살고 싶은 김행자에게 봄이는 언제나 눈엣가시 같은 존재였다. 갈이 아빠에게도 미안하고 괜히 눈치 보이는 것이다. 김행자는 미운털 박힌 듯이 점점 봄의 존재가 싫은 아이로 귀찮게 여겨지고 미워했다. 애지중지 귀여워하는 갈이와 함께 저녁을 먹거나, 갈이 아빠와 외출을 할 때면 봄이는 언제나 깍두기 신세였다. 김행자는 갈이를 매일 업고 다니면서 봄이 몰래 군것질을 사먹이곤 했다. 돌발사건은 항상 일방적인 트집으로 시작했다.

"이 웬수 덩어리야 웬수. 네가 없었으면 내가 왜 이 고생을 하누. 니 애비한테 안 보내는 것만 해도 어딘데 그 모양이야?" 하였다. 어떤 날은 "너 저 아래 윤씨 집에 가기만 하면 다리몽둥이

분질러 버린다."고 으름장도 놓았다. 정말로 엄마랑 언니들이 보고 싶어 살짝 다녀온걸 들키는 날엔 방 빗자루로 실컷 얻어맞기 일쑤였다. 윤씨 엄마 집을 더 좋아하는 까닭으로 봄은 하루 건너 두드려 맞았다. 김행자는 누가 있거나 말거나 시도 때도 없이 때렸다. 슬리퍼나, 허리띠, 방 쓸어내는 빗자루를 거꾸로 들고 손잡이 부분으로 으스러지도록 때렸다. 이년이 또 다녀왔어. 머리채를 잡고 흔들어 한주먹씩 머리칼이 빠지기도 했다. 뺨을 때리고 발길로 걷어찬다. 차라리 죽어라 죽어 이년아! 두들겨 패대길 친다. 갈이는 무슨 꼴만 보면 김행자에게 일러바쳤다.

"엄마! 봄이 언니가 내 과자를 몰래 뺏어 먹었어."

김행자는 자신의 잘못된 인생의 분풀이를 봄에게 다 풀어내는 듯했다.

"다 네년 때문이야. 네가 안 생겼으면 내 팔자가 이렇게 안됐어. 차라리 나가서 죽어 없어져라."

봄은 생모인 김행자에게 항상 분노하고 증오심으로 가득했다. 봄은 내가 살아 있는 한 평생 잊지 않을 거야. 죽을 때까지 아주 영원히. 하고 다짐하곤 했다.

봄은 울면서 윤씨 엄마 집으로 뛰어간다. 그리곤 허리춤에 매달려 있는 붉은 사자머리를 만지작거렸다. 너는 언제쯤, 앞으로 얼마나 더 참아야 내게 행운을 가져다 줄거니? 봄은 꽁꽁 봉해

어디에 있든 무엇을 원하든

놓은 것을 몰래 열어보고, 다시 싸매어 넣었다. 어린 시절의 꿈을 키워주던 나의 부적, 사자머리 붉은 주머니. 부적으로 어린 마음을 추스르지 않았다면 절대로, 절대로 뼛속으로 배어 스며드는 눈물을 알지 못했을 것이다. 봄은 매일 굶으며 학교에 갔다. 그래. 먹는 게 그렇게 아까우면 안 먹을 거야. 굶어서 죽어버리지 뭐. 김행자는 의붓 아빠와 같이에겐 항상 정성스레 맛있는 것만 만들어 먹였다. 매일 같이 똑같은 일이 몇 년째 지겹도록 반복되었다. 봄이에게 싸준 점심 도시락은 학교에서 열어보면 밥이 쉬어서 뚜껑을 다시 닫아버리기 일쑤였다. 먹다 남은 찬밥을 도시락에 싸준 것이다. 매일매일 너무 배가 고팠다. 봄이가 음식을 먹을 수 있는 곳이라곤 윤씨 엄마 집에 몰래 가는 일이었다. 막내 언니는 봄이가 학교에서 파할 때쯤이면 동네 어귀에서 봄이를 기다렸다. 그리곤 얼른 밥 먹고 가라고 데리고 들어온다. 따뜻한 연탄불 부뚜막에는 밥이랑 맛있는 반찬이랑 몰래 감추어 두었다가 봄이 에게만 먹였다.

"빨리 들어와서 후딱 먹고 안 들른 척하고 매 맞지 않게 뛰어 가라~"

굶는 다이어트하듯이 봄이는 빼빼 말라비틀어진 옥수숫대처럼 야위어져 갔다. 그 시기의 배고픔은 봄에게는 평생의 한이 되었다. 맨날 배가 고팠던 봄은 그 후 오랜 세월을 음식 욕심으로 뭐든지 무지무지하게 많은 음식을 먹었다. 그리곤 너무 많이 먹어서 다시 모두 토해내는 거식증을 앓았다. 항상 먹어도, 먹어도 배가 고프거나, 항상 갈증으로 음료수를 달고 살았다. 봄은 그렇게 중학교 시절을 보냈다. 김행자는 카바레에 가서 춤추는 걸 좋아했다. 연습하느라 좁은 방안에서 라디오를 틀어놓고 음악에 맞추어 항상 춤을 추었다.

옆에 사람이 있는 듯이 빙그르르 휙~휙~ 흐느적거린다. 음악에 맞추어 왔다리~ 갔다리~ 팔다리 놀림을 아주 청승스럽게 잘했다.

무작정 걷고 싶어. 고요한 순간에서
보고 싶은 사람이랑 밤 비 오는 거리를
내 가슴 숨겨진 그리움을 노래하며
그리운 임이기에 밤 비 오는 거리를
가슴에 간직한 그리움을 부르면서
무작정 걷고 싶어.

음악에 맞추어 쿵자락 작작 삐약삐약 빙그르르 빙글빙글 휙 휙 맵시있게 돌아갔다.

봄이와 갈이는 김행자의 여릿한 댄스 동작을 늘상 자연스럽게 바라보면서 자라났다.

어떤 날은 이웃집 여자에게 5살짜리 갈이를 맡기고 카바레로,

나이트클럽으로 매일 출근을 했다. 동네 통장아줌마가 곗날이 되어 곗돈 받으러 찾아와서 갈이야! 네 엄마 어디 갔니. 하고 물으면 울 엄마, 딸랏돈 빌려가지고 꿍짜락 작작 삐약삐약 갔어요. 아줌마. 나도 딸랏돈 좀 빌려주세요. 하곤 어린 갈이는 말했다.

중 3학년 겨울, 봄이의 고등학교 진학문제로 김행자는 결정해야 할 큰 문제가 일어났다. 드디어 김행자는 결론지어 말했다.

"나는 도저히 고등학교 보낼 형편이 안 되니까 이제 너도 서산의 네 애비한테 가는 수밖에 방법이 없다. 당장 내려가라."

하지만 연락한 봄이 아빠 집에서 봄이가 내려오는 걸 허락하지 않았다.

시골 큰마누라한테서 연락이 왔다.

"그 작자가 또 바람이 나서 나돌아치는데, 내가 왜 그 아이를 오게 하냐구요. 난 봄이를 못 길러요 절대로 못해요. 만일 봄이가 오게 되면, 나도 짐 싸들고 이 집구석을 나가고 말거예요" 했다.

항상 형편이 여의치 않았던 윤씨 집 엄마가 며칠을 고심 끝에 결정을 내려줬다.

"하는 수 없다. 봄아! 죽을 먹든 밥을 먹든 다시 우리집으로 들어와서 함께 살자."

봄은 그날 저녁으로 책가방만 가지고 다시 윤씨 엄마 집으로 들어왔다.

둘째 언니도 결혼했고, 봄이는 엄마, 아버지, 막내 언니랑 네 식구만 살게 되었다.

윤씨 엄마는 가까스로 돈을 마련해서 봄을 야간 여고에 입학시켰다. 엄마의 극진한 사랑과 언니들의 보살핌에도 봄은 동떨어진 자신만의 열등감에 보이지 않는 한을 간직하고 평범한 듯이 살았다. 봄이에겐 3년 동안의 여고 시절이 가장 행복한 시기였다. 여고생이 되면서 봄의 얼굴은 함박꽃처럼 활짝 피어나기 시작했다. 키도 패션모델같이 늘씬하고 다리도 쭉 뻗었다. 보송보송한 애송이 얼굴 한쪽 뺨에만 있는 바늘로 콕 찍은 듯이 쏙 들어간 보조개 웃음에는 동네 남학생들이 번호표를 들고 나래비로 줄지어 설 정도였다. 녀석들은 집 근처에 죽치고 봄이가 나올 때를 기다리다가 따라나섰다. 매일 책가방만 들어다 주는 녀석도 있었다. 봄이가 집에서 나오기를 동네 골목 어귀에서 하루 온종일 죽치고 기다리는 녀석들. 거리에 나가면 뭐가 그리 사람의 관심을 끄는지 지나가는 남자들은 누구나 봄이를 뚫어져라 쳐다보았다. 먼 곳에 살던 어떤 대학생은 군대 입대하는 날 아침에, 봄이를 꼭 만나고 가겠다고 자기 엄마를 졸라 자가용으로 와서 봄의 얼굴을 보고야 훈련소에 가기도 하였다. 밤에는 골목에서 녀석들이 자기 이름들을 큰소리로 소리 질러 부른다. 그 아는 이름을 듣고 봄이가 나오라는 신호다.

윤씨 엄마는 "딸 셋을 길렀지만 저렇게 사내 녀석들이 들끓는 계집애는 처음이야."고, 하면서 혀를 내둘렀다. "지 애미 애비를 닮아서 도화살이 낀 게야." 하기도 했다. 그런 말할 때의 엄마를 봄은 눈을 흘기며 질색으로 몹시 싫어했다.

3년 후, 봄은 대학에도 진학하겠다고 엄마를 졸라댔다. 엄마는 또 큰 빚을 얻어서 등록금을 마련해서 봄에게 2년제 전문대학을 보냈다. 배 아파 낳은 자신의 딸들도 못 보낸 대학을 불쌍한 봄의 앞날을 생각해서라고 훗날 엄마는 말해줬다. 봄은 안암동 언덕배기 김행자의 집에서 나온 이후로 그녀를 단 한 번도 만나질 않았다. 동네 시장 길에서 오가다 우연히 마주쳤지만 봄은 못 본 척하고 얼굴을 돌려버렸다.

어느 해인가 김행자는 생일선물로 윤씨 집으로 봄의 속옷을 사다놓고 갔었다. 봄이는 포장을 풀지도 않은 채 물어뜯고 찢고 가위로 싹둑싹둑 잘라버렸다. 마치 그 속옷은 큰 잘못을 한 대역죄인처럼 봄의 가슴에 응어리진 화풀이를 대신 받아주었다.

전문대학에 들어간 그해부터 봄은 이제 제 세상을 만난 듯이 바빠졌다. 안암동 개천가 능수버들의 늘어진 가지에는 연초록 물이 짙게 배어 나오고 있다. 버들 이파리는 바람에 한가로이 나부

껐다. 개천가 아래로는 병아리들이 떼 지어 몰려다니는 새봄이되었다. 봄에게는 언제나 사자머리 부적의 효력인지 행운이 따르고 또한 신기처럼 꿈을 자주 꾸었다.

"엄마! 어젯밤 꿈에 어떤 할아버지가 자꾸 나를 어디로 데리고가. 싫다고 해도 잡아끌고 가요. 자주 그런 꿈을 꾸거든요."

어느 날, 사십대로 보이는 어떤 뚱뚱한 부인이 수업 중의 강의실로 봄이를 찾아왔다.

"누가 봄이냐? 어디 얼굴 좀 보자." 하였다.

"난데. 왜 그러는 건데요?"

"어떻게 생긴 계집애길래 울 남편이 정신 못 차리는지 한번 보려고 그런다."

"그러세요? 많이 보고 가세요."

그 여자는 봄이를 한참을 위아래로 훑어보며 고개를 끄덕였다. 그이의 남편에게 봄이가 말했었다.

"나는 돈 없는 사람은 절대 안 만나거든요."

그 한마디 이후 그는 아내와 아이들이 살고 있던 집을 팔았다. 그 여자의 남편은 봄에게 흥청망청하게 쓸 만큼의 용돈을 주면서젊은 그녀의 몸을 요구했다. 그리고 그의 돈이 다 떨어지자 봄이는 그 남자와 한번의 망서림도 없이 헤어져 버렸다. 그 후부터 봄이는 정신 나간 돈 많은 남자들이 넉넉하게 주는 용돈으로 마음

어디에 있든 무엇을 원하든

대로 쓰고, 좋은 옷을 사 입었고 멋을 부렸다.

그리고 다른 부잣집 딸들처럼 행세를 하면서 다소곳한 듯이 멋을 부리며 젊은 20대를 화려하게 보냈다. 육군 대령을 만날 때는 아파트 전셋돈을 받기도 하였다. 그 대령은 군인들 월급날엔 꼬박꼬박 봄의 통장으로 돈을 보내줬다. 봄이는 이런저런 이유로 필요하다면서 대령에게 돈을 긁어냈다. 엄마가 많이 아파서 병원에 가야 하는데 돈이 없어요. 우리 언니네 아이들이 학교에 수업료 내야 하는데 지금 못 내고 있어요. 이빨이 아파서 치과에 가야하는데 돈이 없어서 못가요. 돈이 있어도 아파트 관리비 고지서는 굴러다니게 보이도록 내지 않았다. 그리고 몇 개월이 밀리면 전기료, 전화료가 밀려서 끊어지게 생겼어요. 하면서 마음에도 없는 눈물 콧물을 흘렸다. 그러면 영락없이 그 다음날로 돈은 통장으로 들어오는 것이었다. 월남으로 군수물품을 납품하는 회사의 정 사장은, 아들 하나만 낳아주면 안방을 차지하게 해줄 테니 같이 살자고 하였다. 봄에게 하얀색 예쁜 자가용을 사준 남자는 또 따로 있었다. 양다리 걸쳐 있는 것이 아니라 네 다리, 다섯 다리에 걸쳐서 교묘하게 바꾸어가며 몇 겹치기로 남자들을 만나고 다녔다. 돈을 맘대로 실컷 쓰니까 매일같이 신나고 즐거웠다.

"언니! 그런데, 왜 나는 그딴 남자들한테는 정이 안갈까? 좀 미안한 생각은 드는데. 마음속으로는 너 참 안됐다. 하는 생각만

들어." 하였다. 밤늦게 디스코클럽에서 놀다 나와서 택시를 잡을 때면 손뼉으로 "따따블이요." 하면 저만치 가버리던 택시가 되돌아와서 태워주었다.

명동의 미장원에서도 머리 손질이 끝나면 팁을 십만 원씩 주기도 하였다.

언니네 아이들한테는 용돈도 잘 주고 백화점에 데리고 가서 값비싼 옷을 사주기도 했다. 경제적으로는 봄이 생전 처음 최고의 전성기로 생활이 한결 여유로워졌다. 봄은 김행자가 여러 번 찾아왔지만 끝끝내 한번도 만나주지 않았다. 유방암을 앓던 김행자는 갈이가 일곱 살이던 해에 시립병원에서 혼자 죽음을 맞았다. 아무도 찾아오는 이 없는 병실에서 죽음을 며칠 앞둔 김행자는 전화로 소리소리 질러댔다.

"이년아! 나만 혼자 죽을 줄 알아? 너도 같이 데리고 갈 거야 이 나쁜 년아!"

누구라도 김행자 그녀를 면회하게 되면 그동안 엄청나게 밀린 병원비를 책임져야 한다고 했다. 김행자의 비참한 죽음 소식에도 방문하는 사람은 단 한 명도 없었다. 봄은 텔레비전 뉴스 쳐다보듯이 담담하게 아무 말이 없었다.

그녀는 죽었어도 나타나는 보호자가 없어서 이름처럼 행려병자로 분류되어 어디론가 버려지고 말았다. 고아가 된 갈이는 갈

어디에 있든 무엇을 원하든

이 아빠가 유명한 큰 절에 데려다주고 사라져버렸다. 그 몇 개월 뒤 갈이 아빠는 중풍으로 쓰러져 사족을 못 쓰고 누워 지내는 식물인간이 되었다. 갈이는 이 세상에서는 영영 혼자인 고아가 되어 절에 스며들어 잦아져갔다. 흥겹게 춤추는 쿵자라 작작 삐약삐약의 한을 품고서.

봄이의 꿈에 원효대사가 매일 나타난다고 하소연을 했다. 봄이는 사람들을 보면 자신도 모르게 말을 했다.
"스티브 아빠가 살이 끼었어요. 사업이 잘되려면 풀어줘야 하는데" 하였다. 또 꿈에서 본 일들이 실제로 일어나기도 하였다. 로봇을 만들어 영국에 수출하는 중소기업 회사 청년 사장 민수라는 젊은이가 봄이에게 결혼하자고 쫓아다녔다. 봄은 마치 따스한 봄날에 지루한 수학 공부를 하다가 기분 전환을 하게 되어 기쁘다는 듯이 그의 가진 재산을 보고 1989년에 결혼을 한다. 그 다음해에 아들도 한 명 낳았다. 세 언니들보다 더 잘살아야 한다는 꿈을 이루었다고 자랑했다. 휘황찬란한 결혼생활 4년 동안 봄이는 150명을 거느린 회사의 사모님이었다. 그러나 민수는 1992년에 30억 원의 부도를 내고 감옥으로 가서 2년을 지냈다. 출소 후 봄의 세 식구는 세 명의 언니들이 살고 있는 미국으로 1999년에 이민을 오게 되었다. 가진 돈 없이 텍사스 시골에서의 첫 이민생활은 몹시 어려운 생활이었다. 봄이 사는 마을은 배추도 없다고 손자들의 도움으로 엄마는 자주, 자주 우편으로 부쳐주신다.

"엄마! 배추를 보내려면, 부치는 값이 더 나와요. 그리고 나도 비싸서 못 쓰는 이 고급 화장품을 봄이에게는 왜 몰래 보내주고 그래요?"

딸들은 어머니에게 불만 섞인 말을 한마디씩 던졌다. 한국 식당에서 스시맨으로 일하는 민수의 수입으로는 봄이네 세 식구 살기에 빠듯했다.

"큰언니! 한국 집이 팔리게 될 거야. 어제 꿈에 보이던데."

그런 날은 오후에 한국에서 전화가 온다. 그동안 질질 끌면서 살 사람이 없던 집이 별안간 팔렸다는 소식이었다.

어느 날 "언니! 원효대사가 나보고 그님을 모셔야 한 대"하였다.

"미친 년! 너한테 원효대사가 왜 오니? 그럼 신내림을 받아야 한다는 거야."

"아냐, 정말이야, 계속 거절하니까 내가 이렇게 온몸이 항상 아파죽겠어. 그리고 방울 소리, 징, 장구, 피리 소리가 자꾸 들려와. 내 눈에는 다른 사람의 조상 내력이 텔레비전을 보듯 보인단 말이야. 얼마 전에 언니 아는 사람 장례식에 절대로 가지 말라고 했지? 그래서? 언니가 말을 안 듣고 가더니 허리 다쳤잖아. 하긴 일주일 동안 침을 맞으러 다니고 있을 때였다. 혹은 무슨 글자가 있는 접은 종이를 주면서 주머니에 넣고 다니라고도 하였다."

"언니 둘째 아들 준식이 곧 취직될 거야. 한 일주일 기다려 봐."고도 하였다.

그런데…… 일주일 후 정말 좋은 회사에 취직이 된 것이다.

그리고 자주자주 사람들을 보면서 점사를 하는 것이다.

"언니, 사람들을 보면 그 사람의 과거, 현재, 미래가 보인다. 아픈 사람은 아픈 곳이 어딘지 느낌이 와. 그러니까 말을 해주는 거지. 내가 어떻게 알고 하겠어. 다른 사람에게는 안 보이는 영혼이 내겐 보인단 말이야. 영혼들과 대화를 할 수 있고 영혼이 하는 말을 들을 수 있어."

봄은 주위 친한 사람들에게 손금을 봐주고, 사주를 봐주고, 운세를 점쳐주었다.

그녀가 하는 모든 예언의 말들은 정말 귀신같이 잘 들어맞았다. 설마하고 의심했던 사람들이 이런저런 사연으로 모여들었다. "우리가 흉액, 잡귀, 병마를 물리치고 재수와 복을 불러들이기 위한 방편으로 몸에 지니는 것 중 부적과 부작이라고 있는데, 스티브 아빠의 바람기를 잡으려면 부적을 몰래 태워버려야 돼요." 그리곤 "그 님은 시샘이 많아서 절대로 공짜는 싫어해서. 다만

부적

131

성의 표시라도 해줘야 기분 좋아서 예언을 해주거든요. 그 한마디의 값은 50달러부터 많게는 200달러 또는 300달러로 고무줄처럼 늘어나기도 했다. 차츰 사람들은 잘 맞추는 점쟁이, 만신으로서의 봄의 이름이 널리널리 알려져 봄이네 문앞은 항상 성시를 이뤘다. 여기저기로 불려가면서 많은 돈을 받았고 부적을 만들어주었다. 드디어 40대 중반에 접어든 봄의 날개는 드디어 부적 만들기로 펼쳐지기 시작하였다.

"부적은 만드는 사람의 능력에 따라서 효력에 엄청난 차이가 있어요. 그리고 지니는 사람의 마음에 따라서 배가 되거든요."

봄이가 만드는 부적의 능력은 무궁무진하였다. 미장원에서, 마켓에서 만나는 여자들의 입을 통하여 봄이의 부적 소문은 미국에서 널리널리 퍼져나갔다. 미리 이야기해준 말들은 척척 맞아 떨어졌다. 봄이는 자신의 부적만이 이 세상 사람들을 구원해준다고 스스로 믿게 되었다. 모든 사연의 사람들을 잘살게 하거나, 못살게 하는 것은 자신의 부적의 힘에 달려있다는 환상에 사로잡히게 되어 그녀는 세상을 향한 복수심으로 부적을 휘둘러댔다. 멀리 타 주에서는 부적을 부쳐달라는 사람들도 많이 있었다. 점이나 부적의 힘을 얻으려면 귀신은 절대로 공짜가 없다고 하였다. 그들은 지나가다 봄에게 운수를 물어봤다가 수중에 가진 게 없으면 예쁜 슬리퍼라도 사주고 갔다. 어떤 이는 아이들 돌잔치 때 들어

온 금반지도 들고 왔다. 봄이의 부적값은 이제 적게는 200달러부터 많게는 3천달러에서 5천달러쯤으로 점점 꼭대기로 올라갔다. 한 사람의 부적을 만들려면 밤새 잠 안자고 고심을 하여 정성껏 만들어 주었다. 미국에 살고 있는 한국인들 사이에서는 가장 용한 점쟁이라고 소문난 봄이의 부적의 힘으로 운수대통하려는 이들로 넘쳐났다. 그의 이름은 자자하게 소문이 났다.

"직장이 언제 될까요?"

"아들의 깨끗한 속옷과 양말을 저한테 주세요. 그리고 한 일주일 기다려 보세요."

"우리 아들이 빨리 좋은 혼처가 나와서 결혼하게 될 부적 좀 만들어주세요."

"우리 남편이 바람났는데 그년 떨어질 부적 좀 해 주슈."

하루의 수입으로 터질 듯한 봄의 주머니는 마치 전류를 통한 것 같이 팽창하기 시작했다. 덩달아 자신이 높은 신분을 가진 사람처럼 생각되었다. 모두 다 내 덕분에 나쁜 운이 물러간 거야. 봄은 자신이 그늘로 태어난 이 세상에 복수하는 것 같은 느낌을 받았다. 그의 말 한마디에 사람들이 절절 매는 게 통쾌하기도 하고 여지껏 왕따당했던 세상이 가소로웠다.

명품가방의 새 디자인이 나오면 가장 먼저 구입하였다. 그녀의 성공은 돌발적인 홍수처럼 둑을 무너뜨리고 굉음을 내면서 넘치는 큰 물결이 되어 미처 손쓸 새도 없이 그녀를 한없이 밀고 나갔다. 그러나 그것은 성공이라는 빛나는 하늘에 떠 있는 한 점의 검은 구름이었다. 봄에게 들어와 있는 귀신은 처음엔 잘 알려주다가 또 다른 귀신의 시샘으로 잡귀들이 서로 속삭이기 시작했다. 내가 정말이야, 내가 진실된 귀신이야 하고. 그중엔 허신, 허귀도 있었다. 혼미한 기억빙의인 경우도 빙의된 허주나 허신이 큰 신인 것처럼 행동하며 틀린 말을 들려주고 잘못된 행동을 하도록 하는 경우도 있다. 틀린 말을 들려준 허신으로 인해 큰언니네 집에 만들어준 부적은 효력을 발휘하지 못하는 그냥 종잇조각이 되어버렸다. 집은 경매로 넘어갔고 가족들이 타던 자동차는 모두 빚쟁이들이 가져가 버렸다. 부적값만 몇천 달러 날아갔을 뿐이다. 봄은 내심 통쾌했다. 그것 봐. 내가 더 잘살게 된다니까.

엄마는 딸이 넷이 되었지만 봄이 시집간 이후엔 번갈아 가면서 딸들 집에서 5~6년을 지내셨다. 마지막엔 둘째 딸 집에서 6년을 함께 지내시다가 2007년 겨울에 돌아가셨다. 생전에 "내가 죽으면 아들이 없으니, 독경 소리 그치지 않는 을암사 절에 올려 줘라." 하셨다. 미국 땅에서 돌아가셨지만 49재는 엄마가 다니시던 한국에 있는 을암사에서 올리기로 하였다. 봄은 10년 만에 가는 한국여행이 두근거렸다. 1월 중순 서울의 추위는 가히 상상

할 수도 없이 혹독하게 매웠다. 을암사 올라가는 길은 많이 변해 있었다. 추운 칼바람은 길가 상점의 꽁꽁 닫아놓은 문틈 새로 비집고 들어가려고 팔랑거렸다. 봄은 절 입구 가게에서 향과 초 한 갑을 샀다.

수위실과 일주문을 겸한 입구의 호지문으로 들어섰다. 비스듬히 돌로 놓인 언덕을 천천히 올라갔다. 문 위의 붉은 기둥에는 흰 주련이 유난히도 그 빛은 화려하였다. 거기에 청룡과 황룡이 불타오르는 여의주를 놓고 포용하는 모습은 가히 한 폭의 작품 같았다. 천도재를 위한 49재는 대웅전에서 있었다. 언니들과 조카들, 엄마의 일가친척들이 50여 명 와 있었다. 봄은 열 손가락, 손바닥까지 서로 닿도록 모아 합장을 했다. 큰스님의 불경은 한 시간이 넘도록 계속되었다.

나무아미타불

나무무량수불

나무무량광불

죽은 이의 영혼을 보내기 위해 법회, 독경, 시식, 불공 등을 베푸는 의식 사십구재는 염라대왕의 심판을 받는 날이 죽은 지 49일째 되는 날, 극락왕생으로 보내는 의식이었다. 큰절을 세 번 하였다. 이모네 오빠들은 영정사진 속에 웃고 있는 엄마의 얼굴을 어루만지며 눈물 흘렸다. 모든 순서가 다 끝나자 대웅전 앞으로 다소곳한 몸짓으로 한 스님이 합장을 하면서 하얀색 장삼가사에 흰 고깔을 쓰고 걸어 나왔다.

그리고 죽은 이를 위해서 극락왕생의 길을 인도하는 승무 춤을 추려는 스님이었다.

장삼과 고깔을 걸치고 북채를 쥐고 추는 승무 춤은 장단에 맞추어 합장하면서 춤은 시작되었다. 스님은 끝내 이루지 못한 속세의 번뇌와 집착을 잊으려는 심정을 삶의 몸짓으로 나타내는 듯하였다. 이 세상 천지에 피붙이 한 명 없는 고아로 자란 스님으로서의 한이었을까. 깊은 발 디딤과 함께 긴 한삼을 천천히 뿌려 모으며 웅크리고 다시 펼치는가 하면 일순간 모아 제치며 비상하는 독특한 멋을 가진 장삼놀림의 춤이었다. 춤은 느리게 시작되었는데 첫박에 뿌려서 펼치고 끝박에 맺었다. 어디선가 많이 낯익은 몸짓이었다. 쿵자라 작작 삐약삐약~~ 이 장단에서는 즉 밑에서 모은 사위를 살짝 뿌려 천천히 펼쳐 올리는 동작과 그와는 반대로 위로 크게 뿌려 팔을 넓게 펴 천천히 내리는 팔놀림이었다. 염불 마지막에 장단이 잦아지면서 자진염불로 북을 치며 맺어주었다. 장단은 꿋꿋하게 박아치는 듯하고 몸놀림도 군더더기 없이 활달해지며 굳건한 기상을 펼친다. 자진타령에서 이러한 기상을 그대로 몰고 가 마지막에 숨이 절정에 이르러서 일단 끝을 맺었다. 올라간 숨을 천천히 편안하게 펼치고 제자리에서 어깨춤을 추는 듯하였다. 봄은 춤사위가 여릿여릿한 생모인 김행자의 몸짓을 닮았다고 느꼈다. 어느새 꼼꼼한 발 디딤으로 나가고 그 걸음이 고조되어 날아갈 듯이 잦은 발로 풀어지다가 한순간에 딱 멈추어버린다. 자진굿거리로 일단 맺었다가 다시 굿거리장단에 맞추어 장삼에서 손을 빼고 양손에 쥔 북채를 서로 부딪쳐 소리 내며 장단에 따라 빠른 속도로 북 앞으로 돌아 들어간다. 장단으로 넘어가면 장삼을 펼쳤다 젖혔다 하고, 북에서 뒤로 나갔다 들어갔다 하며 북을 어르기도 하고 치기도 하는데, 이때 장삼을 날리며 삼진삼퇴한다. 마치 휘몰아치는 바람의 시작에서 점점 거세어지며 폭풍으로 발전하다가 마침내는 한바탕 태풍으로 감싸버리듯 끝을 맺는다. 다시 굿거리장단에 천천히 호흡을 조절하며 큰 걸음으로 다시 시작하여 연풍대하면서 제자리로 돌아와 합장으로 마무리한다. 숨을 죽이고 춤을 바라보던 사람들이 감격하여 조용히 합장을 하였다. 승무가 끝난 스님은 대웅전에서 내려와 큰 바위 쪽으로 천천히 걸어갔다. 고깔 속에 가려져 안보이던 스님의 하얀 얼굴이 숨을 고르고 땀을 닦느라 고개를 들었다. 스님의 두 눈가에는 삼십여 년 동안 참고 누르며 지내온 가슴의 물소리가 눈물로 맺혀져 흘러내리고 있었다. 그리고 혼자 먼 아래쪽 동네를 향해 바라보고 서 있었다. 서른 중반이 되었을 맑고 고운 얼굴의 스님은 연신 옷소매 끝으로 눈가를 찍어내고 있었다. 봄은 핸드백에서 붉은 부적주머니를 꺼냈다. 그리곤 스님이 서 있는 돌부처 앞 제단에 올려놓고 성냥불을 그었다. 붉은 종이 위의 황금색 글자들이 노란 불꽃으로 파사삭 소리를 내며 연기로 사위어갔다. 허공으로 올라가는 연기에서 하나의 형상이 떠올라왔다. 그 속에서 까까엄마는 봄에게 줄 과자 한보따리와 빨강색 토끼털 코트를 싸안고 웃으며 뛰어오고 있었다. 여릿여릿한 몸매와 눈웃음이 예쁜 고운 얼굴의 엄마를 봄은 하염없이 바라보았다. 그리고 그립고 그립던 그 이름을 오랜만에 입술을 움직여 불러보았다. "까까―엄마, 까까―엄―마아~" 봄은 애간장이 녹아 흐르는 듯 처절한 울음을 산꿩처럼 꺼이꺼이 울었다. 봄이 곁으로 스님이 가까이 다가왔다.

스님은 아주 천천히 고개를 숙이며 두 손으로 합장하였다.

봄의 기억 속에 남아 있는 어렸을 때의 얼굴과 현재의 모습이 자연스레 겹쳐지면서 많은 장면들이 때로는 한 장의 사진같이, 때로는 한 편의 영상같이 지나갔다.

그 스님의 얼굴에는 여릿여릿한 자태로 쿵자라 작작 삐약 삐약 하고 춤추는 김행자의 모습도 들어있었다.

1958년, 그 여름의 끝

땅은 먼저 금 그어놓고 집을 짓는 사람이 주인이었다. 우리집도 모래와 횟가루를 섞어 하나 둘씩 벽돌을 찍어 말려서 집을 지었다. 우리집 뒤의 큰 산등성이를 넘어가면 산 아래 구들장을 캐내는 길음동의 허연 돌산이었다. 나는 봄이 되면 돌산에 올라가서 여기저기 예쁘게 피어 웃고 있는 진달래도 꺾어오고, 바위틈의 파란 이끼풀 꽃으로 손톱에는 분홍 물들이고 검붉은 머루와 산딸기도 따먹으면서 꿈속같이 즐거운 어린 날을 보냈다.

# 1958년, 그 여름의 끝

　멀리 반짝이는 물결 위로 검은색 무리가 지나간다. 바하 캘리
포니아를 떠나 알래스카로 향하는 고래 무리들의 꼬리지느러미
들이다. 이들은 갈 길이 바쁜지 얼굴도 보여주지도 않고 천천히
헤엄쳐가기만 한다.

　고래 구경의 백미를 꼽는다면 물 뿜는 장면과 육중한 몸을 허
공으로 솟구치는 모습이다. 고래는 대략 15분 간격으로 물 위로
나와 숨을 쉰다. 이때 남아 있는 공기와 물을 내뿜는데 물줄기가
1미터 이상 허공으로 솟구친다. 또 평균 35톤에 이르는 육중한
몸을 4분의 3가량 허공으로 솟구쳐 떨어지며 만드는 물보라의
모습도 감탄사 없이는 볼 수 없는 장면이다. 고래는 짧은 잠수를
몇 번 한 다음에 물속 깊이 잠수하곤 하는데 이때 물 밖으로 보이

는 꼬리지느러미가 햇빛을 받아 빛나는 게 아름답다. 호기심이 많은 고래는 가끔 헤엄치다 고개만 물 밖으로 내놓고 주변을 살피곤 하는데 큰 덩치에 어울리지 않게 귀엽다. 그러나 사람들 앞에 모습을 드러내느냐 마느냐는 어디까지나 고래 마음이었다.

　이른 새벽에 잠에서 깨어나 창문을 여니 코끝으로 신선한 공기가 들이친다. 뒷마당의 장미송이들이 마른 얼굴로 나를 바라보고 있다. 가엾기보다는 미안해서 고개가 돌려진다. 캘리포니아는 사막지대로 극심한 가뭄에 비상사태까지 선포했다. '물을 아껴 써라' '물 배급 받아라' 하더니 이제 잔디에 물을 주거나 집에서 차를 세차해도 벌금을 매긴다. 해서 장미나무 몇 그루에도 며칠에 한 번만 물을 주고 있다. 티비 채널을 본국 뉴스로 돌렸다. 물 폭탄의 침수피해가 경남·부산지역을 폐허를 만들고 있는 장면이었다. 폭우로 200명이 넘는 이재민이 발생하고 주택 920여 채가 물에 잠겼다고 했다. 폭우는 몇 시간 만에 지하철을 침수시켰으며, 승객들을 태운 버스가 물속으로 휩쓸려 사라지는 모습도 보였다. 마치 숨구멍으로 큰 숨을 토하며 수면 위로 긴 등과 꼬리 부분을 잠깐 드러낸 후 다시 깊은 물속으로 들어가는 회색 고래 떼 같은 풍경이었다. 그 화면에서 문득 어릴 때 살았던 동네 서부 이촌동에서의 1958년 그해 여름의 마지막 풍경이 떠올랐다.

그 기억은 거대한 물의 무서움이었다.

1958년 9월 4일부터 6일까지 전국적으로 내린 폭우로 서울 경기일대는 30여 년 만의 큰 홍수 소동을 일으켰다. 그 폭풍우의 제19호 태풍 이름은 그레이스였다.

이 태풍으로 전국적으로 이재민이 1만 3,477명이 발생했고 1만 445동의 건물 피해와 263억 2900여만 원의 재산피해를 냈다. 더구나 한강의 증수로 한강변 낮은 지대는 모두 침수되고 서울에서만 약 2천여 세대 7천여 명의 이재민이 발생했다.

큰 수해를 받은 곳의 하나인 용산구 서부이촌동에서는 5일 하오부터 침수되기 시작하여 6일 아침에는 완전히 탁류에 휩쓸리게 되고 그 폭우 중에 이재민은 인근 학교에 긴급 대피하였는데 하룻밤 사이에만 약 1,700명이 수용되었다.

그 수재민들 속엔 우리 가족들의 이름도 끼어 있었다.


내가 일곱 살이 되던 해의 봄에 부모님께서는 내가 태어났고 오랫동안 살아오던 경기도 부천에서 서울의 서부이촌동으로 이사를 했다. 집안의 생계수단으로 야채, 생선, 과자를 파는 구멍가게를 하려고 떠난 것이다. 이촌동은 한강대교 북쪽, 한강변 좌우에 위치해 있으며 모래벌판이었다. 그래서 여름에 큰 장마가 지면 강 가운데에 섬을 이루고 살던 사람들이 홍수를 피해 강변으로 옮겼던 관계로 동명도 '이촌동(移村洞)'으로 불리다가 일제 강점기때, 이촌동(二村洞)으로 개칭되었다(위키백과 발췌). 서부이촌동은 판잣집들이 게딱지처럼 다닥다닥 붙어 있는 가난한 모래동네였다. 하늘과 한강물이 어우러진 한강변의 아침은 항상 희뿌옇게 포근포근 솜사탕처럼 피어오르는 뽀얀 물안개와 물보라로 하루가 시작되었다. 한강변에 깔려 물안개 속에 잠겨 있는 희미한 나무숲이 허공에 떠 있는 듯한 고요함은 지금도 내 기억 속에 선명하게 남아있다. 무채색 하늘 저편으로 어슴프레 보이는 산허리 아래 저 먹빛 구름이 끝나는 곳은 어디일까? 옆으로 다가가 흐르는 강물을 유심히 지켜보는 것이 나의 아침 일과였다. 표정없던 하늘에 생기가 돌고, 회색빛 구름이 한결 예뻐지면 눈부신 해는 그제서야 게으름 부리며 속살 민얼굴을 내밀었다. 얕으막한 모래 언덕의 한강 백사장은 두껍아 두껍아 새집 줄게, 헌 집 다오 하고 주먹쥔 손을 넣고 만든 모래집은 짓궂은 남자애들이 부수고 장난 치는 모래 먼지 속 놀이터였다

　마을 사람들은 하나같이 가난을 타고나 유랑민의 서글픔 같은 것이 물안개처럼 젖어 있는 이촌동에서 희망 없는 하루하루를 평화롭게 살았다. 어스름한 새벽에 두부장수가 땡그랑땡그랑 소리를 울리면서 동네를 지나간다. 어머니는 양재기를 들고나가서 하얀 김이 올라오는 뜨끈뜨끈한 두부를 받아왔다. 가끔은 '왜간장

있어요 왜간장' 소리치는 간장항아리를 짊어진 아저씨에게도 양재기를 내밀면 국자로 셈을 해서 담아주었다. 그런 날은 빠다와 왜간장에 밥을 비벼먹을 수 있는 아주 특별식을 먹는 날이었다. 어떤 날은 쌍화탕 있어요 쌍화탕~ 소리가 이른 새벽을 열어주기도 했다.

동네를 지나면서 강가 가까이에 가면 널따랗게 펼쳐진 모래언덕은 동네 아이들의 놀이터였다. 나는 동생이 태어나면 주려고 모랫속을 헤집고 다니면서 예쁜 돌과 기왓장 깨진 것 같은 사금파리를 주워 모았다. 어느 날, 모래섬에서 같이 놀던 아랫동네 사내아이 재원이가 불쑥 뭔가를 내밀었다.

"이거 너 주려고 가져왔어."

그의 손바닥에는 어른 손가락 길이의 밀가루 반죽 같은 얇은 뭔가가 너댓 개 얹혀 있었다.

"그게 뭔데."

"우리집에서 만들어 파는 껌이야. 아직 은박지 포장을 하기 전인데 너 주려고……"

생전 처음인 껌의 맛은 입안이 화사해지고 달달하고 촉촉한게 씹는 맛이 괜찮았다.

그 후로도 재원이는 매일같이 밀가루 반죽 껌을 나한테 갖다주었다.

1958년, 그 여름의 끝

그날도 연이틀 비가 세차게 쏟아졌다. 온 세상이 떠내려갈 듯 비가 내렸고 번쩍번쩍 천둥이 치고 벼락이 땅 위에 내리꽂혔다. 추석이 얼마 남지 않아서 아버지는 추석 대목 장사하려고 물건들을 가득가득 사다 창고에 쌓아놓고 또 용산 시장에 나가셨다. 아버지는 가게에서 팔아야 할 물건을 사러 용산 청과물시장에 가서 아직 귀가하지 않은 오후였다. 뱃속에 임신 막달의 동생을 가진 어머니는 쏟아지는 빗줄기를 걱정스레 바라보고 있었다. 마음이 산란해서인지 빨랫감을 정리하고 있었다. 어머니는 동생을 낳을 배가 가슴까지 둥글게 불러와서 오늘내일 이 세상 밖으로 나오려고 준비하고 있었다. 비는 박자도 맞지 않는 리듬을 모래마을에 대고 두들겨댔다. 그 비는 그칠 줄 모르고 더 세차게 내려 서부이촌동의 작은 마을을 통째로 삼켜버렸다. 물살에 휩쓸려 통째로 떠내려가는 슬레이트집 지붕 위에서 살려달라고 외치는 사람들을 그저 바라만 볼 수밖에 없었다.

옆집 누렁소도 슬피 "메~" 소리를 내며 홍수에 떠내려갔다. 바람처럼 소문이 돌았다. 강물에 집이 떠내려오기도 하고 그 지붕 위에 돼지가 타고 있다고도 했다. 장롱 같은 가재도구들에 호박 등 열매 채소들이 시합이라도 하듯 둥둥 떠내려오고 있다고 했다. 펄럭거리던 돛, 아득히 밀려드는 이촌동 마을의 물결 지나간 시간, 어스름의 메아리는 쓰라린 공터의 사색을 어린 날의 추억은 때로 슬프게 살아나기도 한다. 그날 나는 못 볼 것을 보고 말았다. 너무나도 순식간에 일어난 일에 마을 사람들은 어쩔 줄을 몰라 했다. 가난과 슬픔의 아우성은 장대며 갈고리들을 들고 강물이 흐르는 방향을 따라 뛰어 내려가며 물에 휩쓸려간 아이를 찾았지만 강물은 아는 체도 하지 않고 기세 좋게 흘러만 갔다. 다른 물건들은 물속에 잠겼다가도 이내 다시 떠오르곤 했다. 마치 고래가 헤엄치고 날숨 쉬듯이 들락날락하는데 재원이는 흔적조차 없었다. 나도 어른들을 따라 강 아래로 내려갔다. 온몸에 소름이 돋았다. 흙탕물이 된 강물은 점점 불어나 더욱 무서운 기세로 흘러가고 있었다. 그날 오후 내내 사람들은 물에 빠진 재원이를 찾기 위해 강을 오르내리며 뛰어다니고 있었다. 오후 아주 늦어서야 물에 휩쓸린 곳으로부터 '아이들은 저리 가'고 호통을 치는 어른들 틈에서 나는 콩콩 뛰는 가슴에 손등으로 연신 눈물을 훔치며 가마니에 덮여 누워 있는 재원이와 영원한 이별을 했다. 갑자기 눈물이 나고 무서운 마음이 들었다. 내게 껌을 건네주던 사내아이, 내게 강물이 돌연 무서운 얼굴을 한 귀신처럼 보였다. 귀신이 한 손엔 그 아이를 붙잡고 또 하나 말라깽이 같은 긴 팔을 내뻗어 나도 잡으려 하는 것 같았다.

그날 밤으로 어머닌 어린 나와 집에서 기르던 개 메리를 데리고 허벅지까지 차오르는 물길을 피해 피난길에 올랐다. 메리의

1958년, 그 여름의 끝

147

목에 감은 쇠줄을 나보고 꽉꽉 움켜잡고 걸으라고 몇 번씩 다짐을 주셨다. 흐르는 검은 물속 길을 대강 어림잡아 걸었다. 생명줄 같은 메리의 쇠목줄을 꼭 잡고 걷는 우리를 메리는 수영선수처럼 우리를 이끌어가며 앞길을 헤쳐주었다. 어머니의 머리에는 옷가지와 등에는 살림살이를 지고 어깻죽지까지 차오르는 물속을 간신히 걸었다. 뒤에서는 넘실넘실 뒤쫓아오는 거대한 물세상을 피해서 빨리 빠져나가야만 살아남을 수 있는 절대적인 순간이었다. 메리의 힘은 아주 장사였다. 그 개가 헤엄치며 이끌어주는 강력한 힘에 이끌려서 어깨까지 올라오는 물결 속을 헤치며 걸어나왔다. 그렁그렁한 하늘이 빗물을 잔뜩 품고 내려와 있는 모래언덕을 어머니와 나는 가쁜 숨을 몰아쉬며 발걸음을 옮겨갔다. 두 마일 남짓한 거리를 걷다보니 얼굴로는 거친 비보라가 날아들고 발목은 쌓인 빗물 속으로 푹푹 빠져 들어갔다. 사위는 적막하고 멀리 한강 다리 위의 신호등 불빛만이 까치밥으로 남겨놓은 겨울 홍시처럼 공중에 걸린 채 비바람에 흔들렸다. 어깨에 내려앉는 빗줄기 하나하나는 가볍기 그지없는 부피요 무게인데 그 빗물들이 합해지면서 무서운 힘으로 변했다. 늦여름 빗속을 흐느적흐느적 지친 몸으로 바람 따라 걸어 걸어서 또 걸었다. 나무를 통째로 넘어뜨리기도 하고 단번에 길을 막아서기도 했다. 온천지가 암흑이었다. 눈을 뜰 수가 없었다. 한 발짝도 나갈 수가 없었다. 쓰러지는 것들, 나동그라지는 것들, 점점 커지고 빨라지고 숨가쁘게 일어나는 하늘이 내려앉는 듯 앞뒤 분간이 안서는 무서운 물폭탄이었다. 여중생 언니만이 학교 수업이 끝난 후 집으로 오지 못하고 막아놓은 한강철교 위에서 발만 동동 구르며 식구들의 안부에 눈물만 흘리고 있었다고 한다. 한강 다리 위에 올라선 후에야 어머닌 어디로 가야 할지 몰라 툭 주저앉았다. 그날 밤 수재민들은 안내해준 학교 건물 차디찬 바닥에서 새우등처럼 쪼그리고 밤을 지새웠다.

이날 남해안에 상륙해 동해로 빠져나간 태풍은 한국전의 상흔이 채 아물지도 않은 상태에서 무려 2천여억 원의 재산 피해와 849명의 목숨을 앗아갔다.

태풍 '그레이스호'는 이처럼 한국 재난 역사에 악몽으로 남았다.

그 다음날 물 폭탄이 지나간 우리 동네를 한강 다리 위에서 내려다보았다.

어디가 우리집이고 어느 곳이 골목이었는지 마을은 흔적도 없이 사라져버렸고 넓고 넓은 흙탕물이 철교 위로 올라가려는 듯 바짝 쫓아오르며 눈물로 출렁이는 한강물은 너울너울 춤을 추었다. 다만 주인한테 버림받고 물에 잠겨 떠내려가고 있는 가축들과 머리만 내밀고 있는 지붕들이 서러운 듯이 간간이 떠오르다가 물속으로 다시 잠기는 모습들이 보일 뿐이었다. 검은 기름띠가 긴 꼬리를 잇고, 빨간 고무 물통이 둥둥 떠다니고 창호 문짝, 세숫대, 솥단지 이런 것들이 물살의 흐름에 따라 이리저리 나뒹굴고, 검은 기름을 흠뻑 뒤집어 쓴 강아지 한 마리가 내 곁을 헤엄쳐 지나갔다. 물속을 걸어서 나왔다. 허리에서 무릎으로 다시 발목 아래로 줄어드는 물을 헤치며 걸어 나오니 검은 아스팔트 언덕길이 나타났다. 평소에 자동차가 다녔을 아스팔트 언덕길을 걸어 나오니 나는 맨발에 반바지 차림을 하고 있었다. 그 후 한강학교에 수용되어 한 달 정도를 살았다. 그때 배급받은 미군 침낭은 참 따뜻하고 포근했다. 주위의 어수선한 사람들의 울부짖음과 밤새 잠도 못자게 옆에서 술에 취해 주절거리던 어떤 아저씨. 그곳에서 일주일 정도 지낸 어두운 밤. 그때는 음력으로 보름께나 되어서 낼모레 추석 달이 낮같이 밝은 은빛 같은 하얀 달빛이 찬 교실바닥 한 절반 가득히 차 있었다. 운동장을 하나 가득한 달빛이 피난민들이 널브러져 뒹굴고 있는 교실 안까지 희미한 밝음을 비추어 주었다. 어머닌 피난민으로 바글바글한 학교 건물 바닥에서 배급받은 담요 한 장을 덮고 난산으로 여동생을 혼자서 낳았다.

다음날 아침 아버지는 학교 운동장 끝 벽돌담 아래에서 어젯밤에 낳은 동생의 탯덩어리를 장작 위에 올려놓고 태웠다. 한 생명이 세상에 나왔음을 알려주는 하얀 연기는 하늘을 향해 높이 높이 하나의 선처럼 퍼져 올라가면서 사라져갔다.

해질녘까지 한나절 동안 태워지던 태는 쪼그라들어 콩알만 한 몇 개의 검은 재로 변해버렸다.


한달여 뒤 달도 없는 그믐밤에 용산구 이촌동의 여기저기 학교 건물에 분산 수용되어 있던 수재민들은 군용트럭을 타고 어디론가 이송되었다. 수재민들을 가득가득 태운 십여 대의 트럭들은 미아리고개의 자갈길을 힘겹게 툴툴 거리며 간신히 넘어갔다. 되넘이 고개를 한없이 가더니 어느 희끄므레 밀어놓은 벌거숭이 모래 산비탈에 풀어놓았다. 트럭에서 내린 수재민들을 맞이한 것은 끝없이 펼쳐진 갈대숲이었다.

북쪽 산 정상 인근에는 남방한계선 목책이 보였고 미아리 공동묘지 무덤은 흔적만 남아 있었다. 전체 수재 피난민 800여 명이 살아가리라고는 짐작할 수 없을 만큼 황폐해진 땅에서 이들은 군부대 천막 60여 동에 기거하며 삶을 이어나가야 했다. 두렵고 낯설은 수많은 근심 어린 얼굴들이 미아리에 도착한 날은 비바람이 불어대는 칠흑같이 어두운 밤이었다. 이주민들은 바람이 들이치는 천막 안에서 가마니를 깔고 군부대에서 지원한 담요 한 장에 의지해 한뎃잠을 청했다. 그리곤 줄지어 몇십 개의 천막촌을 만

1958년, 그 여름의 끝

들어 주었다. 우리 가족에게 주어진 군용천막 한 동, 더금더금 찾아서 간신히 우리 가족이 누울 자리 한 칸을 얻게 됐다.

우리 가족은 그 천막 속에 들어가서 그날의 피곤한 몸을 뉘었는데, 냉기품은 밤바람이 먼 슬픈 느낌의 손짓으로 한데 어울려 언뜻언뜻 엄마는 눈물을 지었다.

그날, 공교롭게도 비바람이 많이 불어 그 천막마저 쓰러져 우리 가족은 그 천막을 덮고 잤다. 아침에 눈을 뜨니 비는 개였다. 정말 하늘이 눈부시게 푸르렀고, 그 푸르른 하늘 저 끝에 무지개가 길게 펼쳐져 있었으며 발밑으로 기어 다니는 개미들 그리고 주위에 파란 잡초들. 멀리까지 내려다보이던 그 아랫동네엔 군용천막이 즐비했고 군용천막 주변엔 베어진 나무와 이름 모를 풀들이 파랬었다. 미아리 고개를 넘어 되넘이 고개인 공동묘지를 밀어서 엎어버린 삼양동에서의 첫날 아침은 그렇게 어린 내게는 경이롭게 시작되었다. 그곳에서 수많은 수재민들이 밀가루 배급으로 수제비를 만들어 먹으며 끼니를 때우고 살았다. 미아리 돌산의 봄은 종종 영하권 날씨로 떨어졌다.

그 동네 이름이 처음으로 삼양동이라 불러지게 되었다. 그 미아리 고개 뒤의 공동묘지 동네 주소는 성북구 삼양동 산 75번지였다.

삼양동 산 75번지는 아랫동네로는 미아사라는 큰 절이 있고 은행나무가 있는 불당골부터 미아초등학교로 해서 길음동 돌산 인근까지 그 일대에 살고 있는 모든 집들이 한결같이 똑같은 공통된 주소였다.

나중에야 통 반을 만들어 사람을 찾거나 우편물 배달에는 이상이 없게 되었지만 처음엔 남산에서 김씨 찾는 식으로 혼란을 겪기도 하였다.

우리집은 3통 5반이었다.

삼양동은 공동묘지를 파버리고 개간했던 산동네였다.

비석과 무덤들을 넘어뜨린, 무덤 속의 벙어리로 아주 오랜만에 흙더미 속에서 나온 해골과 치아 뼈들이 눈과 코의 살들이 없어진 해골로 길가에 여기저기 굴러 다녔다. 구덩이가 네모지게 움푹 파인 곳(무덤)이 여기저기에 많았고 하얗게 석회질로 변한 이빨들이 발에 채이기도 하였다. 나는 너무 어려서 전혀 무서운걸 모르고 아이들과 뛰어다니며 놀았다.

해골인가보다. 아, 이건 죽은 사람의 이빨이구나. 하곤 무신경하게 지나쳤었다.

나중에 천막 안에서 살던 눈치빠른 사람들은 한 집, 두 집씩 흙벽돌로 집을 지어 군용천막에서 이사를 나갔다.

집이래야 산에 가서 굵은 소나무를 베어와 깎아서 기둥을 세우고, 산에서 흙을 퍼날라 벽돌을 만들어 벽을 막고, 지붕은 까만 기름종이인 루핑으로 마무리를 하였다. 땅은 먼저 금 그어놓고 집을 짓는 사람이 주인이었다.

우리집도 모래와 횟가루를 섞어 하나 둘씩 벽돌을 찍어 말려서 집을 지었다.

우리집 뒤의 큰 산등성이를 넘어가면 산 아래 구들장을 캐내는 길음동의 허연 돌산이었다. 나는 봄이 되면 돌산에 올라가서 여기저기 예쁘게 피어 웃고 있는 진달래도 꺾어오고, 바위틈의 파란 이끼풀 꽃으로 손톱에는 분홍 물들이고 검붉은 머루와 산딸기도 따먹으면서 꿈속같이 즐거운 어린 날을 보냈다.

학교를 파하고 오다가는 친구들과 산골짜기에 들어가 차가운 냇물에 머리도 감고 가재잡이도 하였다. 하얀 눈이 쌓인 겨울 언덕은 그야말로 미끄럼타기의 너무 좋은 놀이터였다. 한 줄로 길게 앉아 맨 앞의 아이를 바로 뒤의 아이가 허리를 붙들고 껴안는다. 그뒤, 그뒤, 이렇게 7~8명씩 반들반들해진 추운 눈 언덕을 단번에 내려오면서 미끄러져 손을 놓쳐 떼굴떼굴 구르는 아이, 처음부터 겁먹던 여자아이들은 무서워 고함치고 구경만 했다.

여름방학이 되면 뒤뜰은 나 혼자만의 놀이터가 되었다. 하루 종일 잠자리를 잡으려 놓칠까봐 마음 졸리며, 먼 삼각산을 하루 종일 바라보는 날엔 저녁의 붉은 하늘이 점점 어둑해지고 산봉우리가 어두워져서 보이지 않을 때까지 있기도 하였다.

저녁을 먹은 뒤엔 뒤뜰에 가서 자리를 깔고 누우면 삼각산의 미끄러질 듯한 거무스름한 세 봉우리가 보인다. 뒷마당에 누우면 밤하늘을 수놓은 북두칠성, 북극성 등의 별자리들을 맨날 쳐다보며 상상의 날개를 꿈꾸고 자랐다. 돌산 근처이다 보니 작은 돌들이 많아 친구들과 공기놀이는 매일하였다. 다섯 알 공기보다 많은 공기를 하고 놀았다.

많은 공기란 작은 공깃돌을 많이 쌓아놓고 누가 많이 따먹기하는 놀이였다. 어느 땐 양편으로 갈라서 시합을 하기도 했다.

미국 캘리포니아 연안에 혹등고래 한 마리가 나타났다고 구경 가자고 아이들이 설쳐댄다. 혹등고래는 수면 위에 바짝 붙어 부드럽게 유영한다고 한다. 로스앤젤레스 남쪽 뉴포트 비치의 회색 고래 떼의 장엄한 광경을 구경가기로 했다. 일반적으로 캘리포니아 남서부 해안에서 고래 떼의 행렬을 볼 수 있는 시즌은 12월 하순부터 3월 초순까지가 피크이다. 회색고래들은 멕시코 바하 캘리포니아(Baja California)의 남서쪽 해변의 따뜻한 샌이그나시오(San Ignacio) 만에서 짝짓기를 하고 새끼를 낳은 다음, 매년 1월 말이나 2월 초순이 되면 여름철 동안 먹이가 풍부한 알래스카(Alaska)와 베링해(Bering Sea) 등 북극 바다를 향해 서서히 이동을 시작한다. 전 세계 회색고래의 25%에 해당하는 2만5000여 마리가 한꺼번에 떼를 지어 이동하는 장면은 상상만 해도 장엄하다. 8~10주 동안 5,000마일이 넘는 대장정 길에 오르는 고래 무리들은 하루 최대 100마일씩 헤엄쳐간다. 이때 회색고래들은 항상 무리를 지어 이동하는데 각 무리마다 리더격인 성년 고래 한 마리가 앞장을 서고 뒤를 이어 수고래와 짝이 없는 암고래, 그리고 마지막에 새끼를 거느린 어미 고래들이 뒤쳐져 따라간다. 그리고 직접 배에 올라 신비한 야생 생물들의 생태를 감상하면서 청결한 바닷바람과 함께 새해 계획도 겸하기 위해 퍼시픽 수족관의 해양 생태계를 연구하는 선박인 디스커버리(Discovery)호에 몸을 실었다. 발랄한 가이드의 리드로 배에 오르자 선장의 출항 신호가 우렁차게 들린다. 높은 고동 소리를 한바탕 질러댄 보트는 마침내 고래를 찾아 망망대해로 나선다. 자신보다 수백 배는 크지만 지금은 항구에 오래된 거목처럼 묶여버린 퀸메리(Queen Mary)호를 옆으로 하고 서서히 롱비치 항구를 떠난다. 두꺼운 옷을 껴입고 카메라 혹은 망원경을 둘러맨 구경꾼들이 갑판에 나와 곧 보게 될 회색고래를 상상하며 흥분된 모습으로 수평선을 바라본다. 뱃머리에서 일어나는 가벼운 물보라와 제법 쌀쌀한 바닷바람은 성급한 몇몇 사람들로 하여금 벌써부터 망원경으로 수면 이곳저곳을 살펴보도록 강한 충동을 이끌어낸다.

1시간 정도 항진했을까 "서쪽 방향으로 이동 중인 회색고래가 발견됐다"는 선내 방송이 흘러나오고 사람들은 저마다 준비한 망원경이나 카메라를 들고 수면으로 떠오를 고래를 기다린다. 수 분간의 긴장된 시간이 흐르고 갑자기 누군가 손을 번쩍 들면서 큰 소리로 외치자 찬바람이 불어대는 배 난간에 몰려있던 수십 명의 사람들이 두리번거리고 눈을 반짝인다. 배의 스피커에서 고래가 지나가는 위치를 알려주자 갑자기 떠드는 소리가 사라진다.

　1958년, 그해 여름이 끝날 무렵, 제19호 태풍 그레이스로 인해 한강이 범람하는 큰 홍수가 서부이촌동을 덮쳐 온 동네가 물에 잠겨 스멀스멀 흔적도 없이 사라져버렸다. 우리 가족들은 숟가락 하나도 건지지 못하고 오갈 데 없이 하늘만 바라보는 수재민 신세로 전락하였다. 피난민들과 섞여 지내고 있던 학교 건물 찬 바닥에서 엄마는 담요 한 장을 덮고 내게 여동생을 낳아주었다. 나는 모래언덕 놀이터에서 주워왔던 사금파리 예쁜 기왓장을 무지개 색실로 엇이어 길게 엮어서 새로 태어난 내 동생을 주려고 소중하게 감춰두었다.

1958년, 그 여름의 끝

157

낮달

그때가 2차 대전이 한창이었어. 내 나이 열여섯 살이었지. 간호원이 될 수 있다는 설렘과 기대로 배를 탔어. 간호원이 되면 돈을 많이 벌 수 있다는 빛나는 꿈을 꾸면서 그 사람을 따라간 거야. 차가운 달빛을 의지하고 별만 쳐다보면서 우리가 따라간 곳은 위안소라는 불구덩이였어. 간호원이 되겠다는 꿈은 잘게 찢어져 바다에 던져졌어. 일본 군인들이 으르렁거리며 위안소로 밀려왔어. 속적삼은 갈기갈기 찢어지고 피가 낭자하던 그곳은 비명과 통곡만 가득한 지옥이었어. 일본놈들이 복숭아 같은 어린 몸을 밤낮없이 파헤쳤어.

# 낮달

　꽃상여는 정오에 다운타운 2가와 그랜드에서 출발했다. 스님이 목탁을 두드리면서 나무관세음보살을 읊조리며 앞장서 걸었다. 푸른 허공으로 비둘기가 후두둑 높이 날아올랐다. 뒤로는 할머니의 영정을 가슴에 안은 검은 양복이 뒤따랐다. 그의 이마에는 땀이 송글송글 맺혔다. 8월의 한낮이었다. 건장한 남자 여섯 명이 새하얀 국화꽃으로 뒤덮인 꽃상여를 어깨에 메고 뒤따랐다. 고인의 명복을 비는 사람들이 함께 걸었다. 점심을 먹으러 나온 미국인들이 저게 뭐야? 하는 표정으로 쳐다봤다. 내 머릿속은 오직 한 가지 생각뿐이었다. 빚진 사람의 심정으로 '할머니, 미안해요'라는 말만 속으로 되풀이했다. 보이는 듯 보이지 않는 듯 홀로 떠 있는 낮달만이 꽃상여를 물끄러미 내려다보았다.

꽃상여가 앞뒤로 흔들리면서 소리가 구슬프게 흘러나오자 사람들의 눈길이 이쪽으로 쏠렸다.

에헤에헤 어허넘차 어허
불쌍허네 불쌍허네
우리 할머니 불쌍허네
어어노어 어노어어 어어노
못 가겼네 안 갈라네
차마 서러워 못 가겼네
내 설움을 두고는 못 가겼네

커다란 꽃상여의 그림자와 뒤따르는 사람들의 그림자가 거리에 그늘을 만들었다. 고인의 분노는 상여 소리가 대신했다. 이어서 안타까운 죽음을 애도하는 노랫소리가 은은히 흘러나왔다. 모두들 고개를 푹 숙이고 말없이 걸었다. 가슴을 타고 올라오는 오열, 일본대사관까지는 불과 두 블록이었다. 큰길로 접어들자 자동차들이 경적을 울리며 지나갔다. 꽃상여는 딛는 걸음걸음마다 닿는 눈길마다 슬픔을 쏟아내는 것 같았다. 뼛속 깊숙이 설움을 파묻고 몇십 년을 버티다가 나비가 되어버린 할머니. 국화꽃 향기로 뒤덮인 꽃상여 행렬이 멈춘 곳은 일본 총영사관 건물 앞 광장이었다. 꽃상여 안에서 할머니가 돌덩이처럼 강하게 부르짖었다.

"나는 죽어서도 일본 정부가 공식 사과하는 걸 꼭 보고야 말 거야!"


노파가 처음 우리 동네에 이사 왔을 때 남편은 아마 미국인일 거라고 짐작했다. 내가 기억하는 한 노파는 무명천으로 만든 흰 저고리에 검정치마를 항상 입고 있었다. 한복 입은 그녀의 모습은 단아하고 고왔다. 눈빛은 신비로웠다. 주름살이야 많았지만 노파가 먼 곳을 바라볼 때의 눈빛이 마치 보석 같았다. 머리를 땋아서 틀어 올린 쪽진 머리에 은비녀를 꽂았다. 나는 노파의 눈빛보다 은비녀에 관심이 갔다. 문양이 양각으로 새겨진 은비녀였다. 노파의 뒤통수에 둥글게 말려 올라간 쪽진 머리는 더할 나위 없이 단아했다. 은비녀가 풍성한 머리를 지탱하고 있는 게 신기했다. 노파의 은비녀가 푸른색 옥비녀로 바뀌는 날도 있었다. 그녀는 언제나 빨간 립스틱을 발랐다. 동그랗고 가무잡잡한 얼굴 어딘가에 슬픔이 묻어 있었다. 노파는 영어로 말하는 걸 좋아했으며, 동네 공원에서 새들에게 날마다 먹이를 주었다. 환하거나 우중충한 하늘을 보며 혼잣말을 하기도 했다. 공원의 둘레길에서 산책하다가 나와 마주치면 무척 반가워했다. 한국인이고, 같은

낮달

여자이며, 한 동네 주민이라는 공통점이 우리를 가깝게 만들어줬다. 노파는 말수가 적었다. 그녀가 무슨 말을 하면 그게 무슨 점괘처럼 느껴져 신경을 쓰며 들었다. 노파가 창밖을 보며 "자카란다 꽃잎이 다 떨어졌네"하고 내뱉을 때면 마치 꿈속에 있는 것처럼 슬픔이 밀려왔다.

"꽃잎은 언젠가 떨어져요. 그래야 내년에 다시 피잖아요."

"그래요, 하지만 내가 죽으면 다시는 꽃을 볼 수 없다는 게 서글픈 거죠."

노파는 나를 보며 희미하게 웃었다. 아니, 그녀는 웃고 있었지만 웃는 게 아니었다.

"꽃이 참 예쁘죠. 꽃이 이렇게 예쁘다는 사실을 나는 최근에야 알았어요."

노파는 외로운 여자였다. 어느 누구도 자신의 말에 귀 기울이지 않는다는 사실을 깨달은 뒤로는 되도록 입을 닫고 살았다. 그러나 말하지 않는다고 해서 가슴에 응어리진 한이 풀리는 게 아니었다. 오히려 말하지 못한 녹이 켜켜이 쌓여 더 큰 상처를 만들었다.

피붙이가 없는 부유한 노파의 딸이 되어 풍요로운 중년을 보내는 즐거운 일탈을 상상하기도 했다. 노파의 시선이 내게 닿을 때는 어쩐 일인지 소름이 돋았다. 어떤 날은 노파 앞에 무릎을 꿇은 채 어떻게 하면 당신처럼 곱게 늙으면서 부유하게 살 수 있는지 비법을 알려 달라고 사정하는 꿈을 꾸다가 깨기도 했다. 어느 날 공원 산책길에서 노파가 내게 내민 손에는 은비녀가 있었다.

내가 상념에 잠겨있는 동안에도 꽃상여는 앞으로만 나아갔다. 나는 꽃상여 뒤를 따르면서 내 눈에만 보이는 노파와 계속 이야기를 나눴다.

"어쩌다 그런 곳에 끌려가셨어요."

"이제 와서 그런 이야기를 하면 뭐하겠어. 평생 말해도 다 못할 이야기인데."

노파의 말이 민들레 홀씨가 되어 날아가는 그곳에 낮달이 떠 있다. 낮달이 떠 있던 그날 노파는 평생 가슴속에 묻어둔 사연을 조용히 털어놓기 시작했다.

"내 고향은 경기도 여주, 들판이 넓고 평화로운 동네였어. 우리 부모님은 가난한 농사꾼이라 식구들 입에 풀칠하기도 힘들었지. 어머님은 식구 하나라도 줄일 생각으로 큰딸인 나를 남의 집 식모로 보냈어. 어느 날 누가 이런 말을 하는 거야. 배타고 멀리 가서 간호원 기술을 배우면 돈을 많이 벌 수 있다고. 그때가 2차 대전이 한창이었어. 내 나이 열여섯 살이었지. 간호원이 될 수 있다는 설렘과 기대로 배를 탔어. 간호원이 되면 돈을 많이 벌 수 있다는 빛나는 꿈을 꾸면서 그 사람을 따라간 거야. 차가운 달빛을 의지하고 별만 쳐다보면서 우리가 따라간 곳은 위안소라는 불구덩이였어. 간호원이 되겠다는 꿈은 잘게 찢어져 바다에 던져졌어. 일본 군인들이 으르렁거리며 위안소로 밀려왔어. 속적삼은 갈기갈기 찢어지고 피가 낭자하던 그곳은 비명과 통곡만 가득한 지옥이었어. 일본놈들이 복숭아 같은 어린 몸을 밤낮없이 파헤쳤어. 군인들의 숫자는 계속 불어났어. 중국 목단강 위안소로 끌려가도 그 불구덩이 생활은 이어졌지. 어머니의 젖처럼 포근하던 고향에 대한 그리움, 밤이면 가족들이 보고 싶어서 숨죽여 울기도 많이 울었어. 낮달아, 나는 가도 오도 못하는 신세인데 너는 우리집을 들여다보고 있겠지. 마침내 전쟁이 끝나고 고향 땅을 밟았는데 동족들의 눈빛이 무서웠어. 주위 사람들이 뒤에서 얼마나 쑥덕거리고 따돌리든지…… 그 고통의 시간이 내 삶을 메마르게 했지. 지난 일들이 어제 일처럼 사라지지 않아. 그 시절 불구덩이 속 우리들은 그날의 기억에서 자유롭지 못해. 평범하게 생활하던 소녀들이 어느 날 갑자기 위안소로 끌려가 당한 일들, 소녀들이 불속에 버려진 일들이 말이야."

다운타운 빌딩 숲 사람들의 시선이 우리들에게 날아들었다. 잿빛 하늘이 흐느껴 우는 것 같다. 목놓아 우는 우리들의 노래가 일본대사관 앞 광장에 가득 고인다. 나는 꽃상여에 은비녀를 얹어 놓았다. 꽃이 된 당신을 위해 나는 마음속으로 노래를 불렀다. 노

어디에 있든 무엇을 원하든

파는 죽어서도 살아 있는 사람, 끝내 눈물이 되어 버린 사람, 심장이 무거워 날지 못하는 새가 되었다.

"일본은 다 해결했다 하고, 우리 정부는 뒤로 물러나 있고, 그럼 우리는 어느 나라한테 하소연해야 합니까?"

노파의 꼿꼿한 목소리가 꽃상여에서 울려 퍼졌다.

*

보이는 듯 보이지 않는 듯 홀로 떠 있는 낮달만이 꽃상여를 물끄러미 내려다보았다.

꽃상여가 앞뒤로 흔들리면서 소리가 구슬프게 흘러나오자 사람들의 눈길이 이쪽으로 쏠렸다.

에헤 에헤 어허넘차 어허
불쌍허네 불쌍허네
우리 할머니 불쌍허네
어어노어 어노어어 어어노
못가겠네 안갈라네
차마 서러워 못가겠네
내 설움을 두고는 못가겠네

낮달
▬

커다란 꽃상여의 그림자와 뒤따르는 사람들의 그림자가 거리
에 그늘을 만들었다.

푸른 허공으로 비둘기가 후두둑 높이 날아올랐다.

너와 나의 자장가

내가 하는 말을 알아들었는지 못 알아들었는지 아기는 계속해서 옹알이만 하고 있었다. 문득 코끝이 시큰해지더니 눈앞이 흐릿해졌다. 비명처럼 쏟아질 눈물을 눈 안쪽으로 밀어 넣으려고 했을 때 기어이 눈물 한 방울이 오른쪽 뺨을 타고 흘러내렸다. 팔꿈치로 스윽 뺨을 훔쳤다. 갑자기 아기가 물고 있던 젖꼭지를 쏙 빼고는 내 얼굴을 빤히 올려다봤다.

# 너와 나의 자장가

자장자장 우리 아가 자장자장 잘 자거라
엄마 말도 잘 듣고 아빠 말도 잘 듣는
고운 아가랍니다 예쁜 아가랍니다
자장자장 우리 아가 자장자장 잘 자거라
종달새는 노래하고 어여쁜 꽃피어나니 바람은 살랑살랑
어서어서 꿈나라로 예쁜 아기 고운 아기
자장자장 우리 아가 자장자장 잘 자거라

내가 불러주는 자장가 노래에 아기는 어느새 세상모르고 잠이
들어 있었다. 덕분에 나는 며칠 밤을 꼬박 새우던 일에서 잠시나
마 단잠을 잘 수 있어 다행이었다. 이제 잠에 취해 비틀거리며 우

는 아기를 안고 집안을 왔다 갔다 하지 않아도 되었다. 젖병을 치켜세워 눈금을 확인하느라 이리저리 돌려보는 일도 없었다. 지난 밤, 한두 차례 분유 수유를 하는 일, 두세 번 기저귀를 갈아주는 일, 푸푸한 엉덩이를 미지근한 물로 닦아주는 일로 조금은 몽롱해 있었지만, 그래도 두 시간 정도의 토막 단잠을 잘 수 있으니 한시름 마음이 놓였다.

방 안은 온통 '아기 냄새'로 가득 채워져 있었다. 분유 냄새, 비누 냄새, 파우더 냄새, 기저귀 냄새, 아기의 몸에서 나는 달착지근한 훈풍 냄새……. 그것은 아무리 머리를 굴려 봐도 새 생명 냄새라고밖에는 달리 표현할 말이 떠오르질 않았다. 언 땅을 뚫고 나온 여린 새싹이 소리 없이 세상살이 연습을 하고 있는 것처럼 아기는 그렇게 조용히 숨을 쉬었다. 아기가 숨을 쉴 때마다 배냇저고리 앞섶이 가늘게 달싹거렸다.

내 나이 52세, 28세에 첫아기를 지운 이후로 아기는 더 이상 내게 와주지 않았다. 대신 남의 아기를 돌보면서 내 아이를 비워내는 일은 너무 버거웠다. 세상모르고 자고 있는 아기의 얼굴을 유심히 들여다보았다. 아기의 얼굴 위로 겹쳐지는 형체도 없이 사라져간, 얼굴도 모르는 한 아이. 그 아이의 울음소리가 환청처럼 들려왔다. 나는 양손으로 귀를 틀어막았다. 그러자 이번에는 나의 아랫도리에서 날카로운 금속 소리가 철거덕 철거덕 들려왔다. 그리고 산부인과 여의사의 목소리가 아이의 울음소리를 밀치고 귓속을 파고들었다. 이제 소파수술은 깨끗하게 다 잘됐어요. 한 시간 정도 쉬신 후에 집에 가시면 됩니다.

설핏 아기의 작은 소리에 눈을 떴을 때 아기도 눈을 떴다. 아기는 눈동자를 이리저리 굴리기도 하고 팔다리를 들어 한껏 버둥댔다. 갑자기 아기가 모든 동작을 멈춘 채 인형처럼 가만히 있는 것이었다. 이상하다고 생각했을 때 아기의 고 작은 입이 옆으로 찌그러들면서 새빨개졌다. 몸 안의 피가 온통 얼굴에 다 몰린 것처럼. 아니나 다를까. 푸드득 하고 푸푸를 했다. 기저귀를 젖히자 푸푸는 삶은 계란 노른자위 같았다. 한동안 아기는 푸르뎅뎅한 배내똥만을 쌌다. 기저귀를 빼내고 물티슈로 엉덩이를 닦아주었다. 여자 아기와는 달리 사내아기는 엉덩이를 닦아줄 때 세균이나 이물질이 자궁으로 들어갈 염려를 하지 않아도 되었다. 아기에게 기저귀를 채울까 하다 그만두었다. 어차피 씻겨야 했기 때문이었다.

미국에서는 갓 태어난 아기를 욕조가 아닌 BathRoom의 세면대에서 흐르는 물로 부분 목욕을 시킨다. 나는 욕실 세면대 옆 평평한 곳에 타월을 깔고 그 위에 얇은 면 속싸개를 깔았다. 왼팔로 아기의 등을 받치고 왼쪽 손바닥 안쪽으로 아기의 머리를 꽉 감쌌다. 아기를 받친 왼손의 엄지와 중지로 귀를 막았다. 아기 뒷목과 엉덩이를 떠받치고 또 다른 한 손으로 머리부터 감겼다. 그런 다음 엉덩이를 천천히 들었다 놓았다 하면서 조금씩 아기의 몸을 미지근하게 흐르는 물로 재빨리 돌돌 말아 씻겼다. 잠시라도 긴장을 늦추면 아기를 빠뜨릴 수 있다고 생각했을 때 물이 아기의 가슴과 겨드랑이에서 찰랑거렸다. 하얀색 세면대 안에 희뿌연 수증기가 물안개처럼 피어올랐다. 희뿌연 물안개 속으로 놀란 듯 버둥거리는 작은 손이 보였다.

나는 얼른 그 손을 잡아주었다. 그러자 고사리같이 생긴 그 작은 손이 마디가 투박한 내 손가락을 꼭 쥐었다. 내 손가락을 잡고 있는 아기의 표정은 어느 때보다 평화로워 보였다.

내 아이 역시 뱃속에서 침입자의 공격에 놀라서 양손을 버둥거렸겠지. 아늑한 엄마의 자궁 안에서 한사코 밀려나가지 않으려고 발버둥칠 때, 엄마의 손이 몹시도 그리웠겠지.

눈물이 핑 돌았다.

— 아가야 정말 미안해.

손바닥으로 아기 몸을 살살 문질렀다. 목과 겨드랑이에서 고운 때가 나왔다. 손이 사타구니 쪽에 닿는 순간, 갑자기 몸이 움찔해졌다. 손끝에 전해지는 뭉근한 이물감. 그것은 작고 가녀린 불알이었다.

— 도무지 익숙해지지 않는군.

나는 혼잣말로 중얼거렸다. 얇은 유리그릇을 다루듯 조심스럽게 아기의 불알을 씻기자 새알심 같은 고환이 손끝에 만져졌다. 내게 있어 사내아기의 생식기는 너무도 생경했다. 아기의 고추는 장난감 같았다. 갑자기 장난감 같은 고추가 탱글탱글해지더니 오줌이 뿜어져 나왔다. 가느다란 오줌 줄기는 정확하게 내 이마에 명중되었다. 얼른 고개를 돌려 오줌 줄기를 피하면서 콧잔등이 간지러워 혼자 깔깔 웃었다.

목욕을 끝낸 아기의 알몸은 잘 익은 복숭앗빛 같았다. 아기 몸에 보습제를 발라주고 나서 배냇저고리를 입혔다. 나는 뇌리에 떠오르는 안타까운 생각들을 지우려고 애쓰며 미리 준비해둔 젖병을 물렸다. 아기는 기다렸다는 듯이 허겁지겁 빨기 시작했다. 사내아기라 그런지 젖병을 빨고 있는 입이 무척 커 보였다.

모유 수유를 계획했던 아기엄마는 임신중독이 심해져 당분간 병원 신세를 질 수밖에 없었다. 황달기가 있어서 병원에서 하라는 대로 산모의 젖을 끊고 분유 수유를 시작했을 때만 해도 아기는 한사코 젖병을 외면했다. 진짜 젖꼭지(엄마 젖꼭지)를 기억하고 있던 아기는 번번이 가짜 꼭지(고무젖꼭지)를 밀어내기만 하는 것이었다. 안아도 보고 노리개젖꼭지를 물려도 보았지만 소용이 없었다. 울다 지친 아기가 얼핏 잠이 든 듯 보였다. 혹 잠결에 빨지도 모른다는 생각에 얼른 물려보았지만 작심한 듯 아기는 가짜 젖꼭지를 밀어내었다.

그렇다고 그냥 물러날 수 없었다. 곁에 달라붙어 앉아서 끈질기게 물리려 하자, 아기는 자신이 그렇게 쉽게 속아줄 줄 알았느냐는 듯이 한껏 몸을 비틀며 강렬하게 저항했다. 비록 아기는 자기 의사를 언어로 표현해 보이지는 못해도 자신이 원하는 건 가짜 젖꼭지가 아닌 진짜 젖꼭지라는 사실을 온몸으로 보여주었던 것이었다. 젖병을 다 비운 아기의 배는 한껏 바람을 불어넣은 고무풍선 같았다. 트림을 시켜주려고 손바닥으로 아기의 등을 둥글게 부드럽게 쓸어주었다. 트응 하고 그 작은 입에서 분유를 입가에 묻히면서 트림을 했다. 때를 놓치지 않고 얼른 기저귀를 갈아주었다.

산후조리회사 원장이 보내준 카톡의 가리침대로 처음 이 집에 와서 잠깐 아기를 돌봐주고 있던 산모의 교회 지인을 대했을 때만 해도 냉정을 잘 유지할 수 있을 줄 알았다.

"특별히 신경 쓸 부분은 없나요?"

현관 열쇠를 건네받으며 내가 물었다.

"없어요, 밥해 먹을 시간이 없다는 것 외에는."

현관문이 닫히면서 문 위쪽에 매달려 있던 작은 종이 울려 그녀의 목소리를 삼켜버렸다.

작은 거실은 한바탕 난리를 치른 듯 어수선했다. 티브이는 저 혼자 떠들고 있었다. 리모컨을 찾는데도 한참 걸렸다. 기저귀 바구니에 들어 있는 리모컨을 집어 티브이부터 껐다. 2인용 베이지색 천 소파와 작은 티브이 한 대가 놓인 거실에는 포대기며 기저귀들이 허물처럼 널리고 흩어진 젖병들이며 물티슈, 가제 손수건, 보습제 등이 자리를 못 잡고 있었다. 게다가 거실과 주방 사이의 동선을 방해하고 있는 식탁의자들까지. 무릎을 구부려 의자다리를 순서대로 밀어 넣었다.

끔찍하게도 어질러 놓았군.

폭이 좁은 방안에는 더블 침대가 코끼리같이 엎드려 있었고 그 침대 위에 누운 아기는 코끼리 등에 올려놓은 작은 인형처럼 보였다. 조심스럽게 아기 곁으로 다가갔다. 잠시 전까지 이 집을 봐주던 교회 지인의 말대로 아기는 잠이 들어 있었다. 자궁 속에서 빠져나온 지 사나흘밖에 안 된 아기의 얼굴은 주름이 많은 노인의 얼굴처럼 쪼글쪼글했다. 아기의 발 하나가 포대기 밖으로 삐죽이 나와 있는 게 보였다. 포대기 자락을 살며시 끌어다 발을 덮어주었다. 어느새 내 아이의 발을 덮어주고 있다고 나는 생각하고 있었다.

침대 모서리에 놓인 작은 탁자에는 아기엄마가 먹던 것으로 보이는 엽산병과 비타민 병들이 널려있었다. 방을 나온 나는 식탁의자에 아무렇게나 걸쳐져 있는 앞치마를 허리에 둘렀다. 도무지

어디서부터 손을 대야 할지 아득했다. 아무래도 주방부터 정리해야 할 것 같았다. 라면 가닥이 말라붙어 있는 냄비며 미처 씻지 않은 그릇들과 머그컵들이 싱크대에 쌓여 있었다. 씻은 그릇들은 마른행주로 물기를 닦아 선반에 차곡차곡 쌓았다. 삶은 젖병과 고무젖꼭지는 모두 싱크대 찬장에 가지런히 넣어두었다. 다음은 거실 청소가 기다리고 있었다. 진공청소기가 돌아가는 소음에도 아기는 곤히 자고 있었다.

대부분의 신생아들은 진공청소기 소리에 민감하게 반응하지 않을 뿐만 아니라 오히려 안정감을 되찾게 된다는 사실을 처음 안 것은 산후조리사 교육장에서였다. 진공청소기 소리가 자궁 속 소음과 닮았다는 거였다. 나름대로 고급한 정보라 산후조리사들에게만 특별히 알려줘 온 비밀인데 이제 인터넷 발달로 모든 엄마들이 다 써먹고 있다고 짐짓 볼멘소리를 했다.

— 세상 엄마들을 일일이 찾아가서 따질 수도 없고.

소리 내어 웃던 머리가 희끗희끗하던 여자 강사의 얼굴이 떠올랐다.

다행히 욕실은 깨끗한 편이어서 청소가 빨리 끝났다. 그때까지 아기는 곤히 자고 있었다. 그 덕에 청소를 차질 없이 진행할 수 있게 되었던 것이다. 만약 아기가 울기라도 했더라면 고무장갑을 낀 채 앞치마의 끈도 풀지 못하고서 달려가야만 했을 것이다. 아기에게 분유를 물릴까 생각했을 때 소파 옆 커튼 자락에 반쯤 가려져 있던 꽃바구니가 눈에 들어왔다. 파란색 리본엔 검정 붓글씨로 '아기 탄생을 축하합니다.'란 글귀가 씌어져 있었다. 붉은 장미꽃은 이미 잎과 줄기가 새들새들해져 있었다. 아기 우는 소리가 들려왔다. 분유 수유는 간단했다. 아기가 물기에는 어린 것이 힘이 드는지 빨다 몇 차례나 쉬곤 했다. 한참 후, 물고 있던 젖꼭지를 혀로 밀어낸 아기는 눈을 스르르 감더니 또다시 잠이 들었다.

한 손에는 버릴 박스들을 또 다른 한 손에는 리사이클용 넣은 비닐봉투를 든 채 계단을 내려갔다. 때마침 계단을 올라오던 한 남자와 어깨를 조금 세게 부딪쳤다. 그 충격으로 버릴 박스 안에서 아슬아슬하게 버티고 있던 장미꽃 한 송이가 목이 부러졌다. 남자의 구두는 어느새 그것을 짓밟았다가 이크, 하고 뒤로 물러났다. 남자는 오히려 불만에 가득 찬 눈길로 나와 짓뭉개진 꽃을 번갈아 힐끗거리다가 지나쳐가 버렸다.

— 아니, 대체……

짓뭉개진 꽃을 줍는 내 입에서 무슨 말인가 나오려는데 갑자기 가슴에서 전류가 흐르듯 찌르르한 통증이 느껴졌다.

품안에서 잠이 들어 있는 아기를 침대에 옮겨 뉘였을 때 갑자기 허기가 몰려왔다. 얼마 전에 넣어두었던 빵을 꺼내려고 냉동고 문을 연 순간, 갑자기 얼음처럼 차가운 원장의 목소리가 냉기와 함께 밖으로 튀어나왔다. 그 순간, 나는 고개를 좌우로 흔들었다. 전자레인지에 넣고 십 초간 돌렸더니 빵이 먹기 좋게 말랑말랑해져 있었다. 한 손에는 빵을 또 다른 손에는 커피를 든 채 식탁 앞에 가서 앉았다. 따끈한 커피 한 모금으로 목을 축이며 주위를 두리번거렸다. 왼쪽 벽면에 전에는 한번도 눈에 띄지 않았던 알록달록한 포스트잇들이 눈길을 붙잡았다. 의자를 벽면으로 바짝 당겨 앉고 보니 아기 이름을 지을 때 써서 붙여놓은 것 같았다. 아기 이름들이 적힌 포스트잇을 떼어내 식탁에 늘여 놓으니, 또 갑자기 이름 없이 사라져버린 내 아이 생각이 간절했다.

누군가 내 목을 조를 틈을 노리고 있는 것만 같았다. 어젯밤에는 어느 때보다 충분히 4시간을 잤는데도 사정은 다르지 않았다. 언제부터 내 눈앞에 나타났는지에 대해서는 정확히 알 수 없다. 내 안에서 알 수 없는 불안감이 뱀의 혓바닥같이 날름거리며 슬며시 일어났다. 어느 땐 현관문을 열고 막 들어서는 순간, 눈앞에 훨훨 날아가는 새의 날갯짓이 보였고, 귀에서도 아이의 울음소리가 들려와 미처 신발도 벗지 못하고 뛰어들어가기도 했다.

그 무렵, 잠을 도통 이루지 못한 탓에 나는 한동안 눈이 토끼눈같이 빨갛게 충혈돼 있었다. 몽롱한 상태에서 하루하루를 보내다 결국 병원엘 찾아갔다. 낙태를 했어도 아기를 출산한거나 마찬가지라서 산후우울증으로 보인다며 의사가 약을 처방해 주었지만 나는 그 약을 먹지는 않았다. 왠지 그 약을 삼키는 순간, 나 자신을 송두리째 삼켜버릴 것만 같았기 때문이었다.

마지막 남은 빵 한 조각을 입안에 밀어 넣었을 때 밥해 먹을 시간이 없다고 하던 교회 지인의 목소리가 뇌리를 스치고 지나갔다. 빵 두 조각과 커피 한 잔으로 아침 겸 점심으로 때운 셈이었다. 초조한 눈빛으로 벽시계를 힐끗 쳐다봤다. 아기엄마가 도착하기 전까지 다른 것은 몰라도 아기 용품만은 빠짐없이 정리해 둬야겠다고 나는 생각했다. 보온병엔 뜨거운 물을, 유리병엔 식힌 물을 채우고 나서 각각 뚜껑을 돌려 닫은 후, 세탁실로 향했다. 손으로 아기의 빨래를 주물러 빨았다. 배냇저고리와 속싸개는 탈탈 털어서 널었다. 가제 손수건과 턱받이, 손 싸개 등은 일일이 집게를 집어 행거에 고정시켰다. 사내아기라서 그런지 아기 용품은 파란색 일색이었다. 포대기도, 턱받이도, 양말도, 손 싸개도. 심지어는 유모차까지도. 내 아이의 용품은 무슨 색이었을까.

낮에 창가에서 밝은 햇살에 자세히 보니 아기는 얼굴만 노란 게 아니었다. 눈동자도, 배도, 심지어는 발바닥까지도 샛노랬다. 황달? 나의 입에서 튀어나온 짤막한 이 음절은 내 귀에도 선명하게 들려왔다.

나는 산후조리사 교육 때 꼼꼼히 적어 놓았던 노트를 꺼내 펼

너와 나의 자장가

쳤다. 종종 신생아에게서 생리적인 황달이 나타날 수 있으나 병적인 황달이 아닌 이상 예민하게 받아들일 필요는 없다, 라고 적어놓은 문장을 읽고 또 읽었다. 그렇더라도 이 경우는 아닌 것 같았다. 더 이상 보고만 있을 일이 아니었다. 이 상황을 문자로 아기 아빠에게 알리고 나서 병원에서 연락이 오기를 기다렸다. 놀라야 할 아기 아빠의 얼굴이 눈앞에서 어른거렸다. 갑자기 가슴이 먹먹해졌다. 이 사실을 병실에 누워 있을 아기엄마만 모르고 있다는 애처로움. 내 가슴이 먹먹해진 것은 그런 까닭이었다. 식탁 위에 둔 셀폰에서 카톡, 소리가 났다. 곧 갈 테니 빨리 병원 갈 준비를 하고 기다리라는 카톡을 보내온 사람은 아기 아빠였다. 아기 아빠는 입주 첫날 잠깐 본 게 전부였다. 늙은 호박같이 푸석해 보여서 그렇지 눈매가 서글서글하게 생긴 아기 아빠는 인상이 참 선해 보였다. 아기를 품에 안은 아기 아빠는 자신의 이마를 아기 볼에 비비다 눈시울이 붉어지곤 했다. "우리 아길 잘 부탁드립니다." 아기 아빠의 목소리에는 뭔가 어두운 구석이 느껴졌다. 그날, 아기 아빠는 안고 있던 아기를 내게 건넨 뒤 슬로우 비디오 화면에 나오는 배우처럼 한없이 느린 동작으로 현관 쪽을 향해 걸어 나가다 몇 번이고 돌아보곤 했다. 이튿날부터 나는 아기가 잠든 모습, 노는 모습, 젖을 빠는 모습 등을 휴대폰 카메라로 찍어 매일 한두 차례씩 카톡에 올렸다. 그러면 아기 아빠는

'잘 키워주셔서 고맙습니다.'라는 문자와 함께 하트 모양의 이모티콘도 함께 보내오곤 했다. 곧 온다던 아기 아빠는 두 시간이 지나도 오질 않았다. 초조한 마음에 한 차례 더 문자를 보냈으나 어찌 된 일인지 답신이 없었다. 이럴 줄 알았더라면 아기엄마가 입원해 있는 병원 위치라도 알아둘걸. 이런 일이 생길 거라곤 상상도 못했다.

아기 아빠는 한나절이 지날 때까지 소식이 없었다. 도무지 일이 손에 잡히지가 않았다. 게다가 마음을 졸인 탓인지 입안이 깔깔해서 아무것도 먹질 못했다. 아기 아빠로부터 전화가 걸려왔을 때 오후 다섯 시경이었다. 전화 내용은 황당했다. 갑자기 급한 일이 생겼다며, 나 혼자서 아기를 데리고 병원을 다녀오라는 것이었다. '아무리 그래도 그렇지. 아픈 아기를 나한테만 떠맡기는 게 말이나 돼!' 나는 짜증을 내며 셀폰을 소파에 휙 던졌다. 소파 구석에 떨어진 셀폰이 저 혼자 부르르 떨었다. 그 전화를 마지막으로 아기 아빠는 소식이 끊겼다.

집 근처 닥터오피스에서 나온 후, 다시 우버를 타고 병원에 도착했을 땐 응급실 유리문에는 푸르스름한 이내의 입자들이 스멀거리고 있었다. 아기를 받아 안은 간호사를 따라 검사실로 들어갔다. 검사실에 설치된 대형 의료기 모터 소리가 심장박동을 한껏 끌어올렸다. 하얀 가운을 입은 의사와 간호사 둘이 붙어서 주

삿바늘로 아기의 발바닥을 찔러 피를 짜냈다. 아기의 울음소리는 자지러졌다. 숨을 죽이고 그 광경을 지켜보던 나는 정신없이 검사실에서 뛰쳐나와 버렸다. 발걸음을 옮겨놓을 때마다 아기의 비명이 날카로운 무엇으로 고막을 후벼 파는 것 같았다.

동시에 내 아이의 비명도 들리는 것이었다 양손을 한데 모은 채 복도를 왔다 갔다 했을 때 어느 순간, 나는 양 손가락 다섯 개를 모아 회개의 기도를 올리고 있었다. 눈물이 줄줄 흘러내려 나는 황급히 화장실로 뛰어갔다.

— 신생아는 혈중 빌리루빈 수치가 기준치보다 높은 탓에 황달 증세를 보일 수 있는데 대개는 젖을 끊고 이삼일 분유 수유만 해도 황달 수치가 현저하게 떨어질 수 있어요. 간혹 변수가 일어나는 경우도 있긴 합니다만…… 아마 괜찮을 겁니다.

의사의 말이었다. 아기를 안고 병원 문을 열고 나왔을 땐 이미 거리에는 어둠이 내려앉고 있었다. 우버 택시에서 내린 나는 아기를 안은 채 계단을 올랐다. 계단은 어둡고 가팔랐다. 한 칸씩 오를 때마다 발걸음이 점점 무겁게 느껴졌다. 종일 아무것도 먹지 않아서인지 약간 어지러운 것도 같았다. 아기를 안고 넘어지기라도 하면 큰일이었다. 나는 발끝에 잔뜩 힘을 실으며 하나, 둘, 셋…… 계단 수를 세면서 올라갔다. 여덟을 셀 때까지 별생각이 다 들었다. 아기 아빠는 왜 연락이 없는 걸까. 혹 아기엄마에게 무슨 일이라도 생긴 걸까. 만약 내일까지 연락이 오지 않으면 어떻게 하나……. 누군가 층계를 밟고 올라오는 소리가 그 생각을 잘라 버렸다. 다행히 2층 계단에 불이 환하게 비춰 있어서 3층까지는 무사히 오를 수 있었다.

기저귀가방을 바닥에 내려놓고 열쇠로 문을 열었다. 발바닥 통증 탓인지 아기는 심하게 보챘다. 병원을 나오면서부터 오줌이 마려운 걸 참았더니 방광이 터질 것만 같았다. 나는 보채는 아기를 내려놓고 황급히 화장실로 향했다. 오줌을 누고 있을 때 갑자기 집안이 조용해진 느낌이었다. 바지도 제대로 올리지 못한 상태로 달려갔을 땐 아기의 얼굴이 파랗게 보였다. 가슴이 미어졌다. 이 모든 것은 황달의 징조였다. 나는 진심으로 아기를 지켜주고 싶었다.

— 아가야, 조금만 더 힘을 내렴. 내 반드시 황달을 낫게 해줄게.

노르스름한 아기의 얼굴을 바라보며 제법 큰 소리로 내가 말했다. 나는 모든 일을 뒤로 한 채 오로지 아기 돌보는 일에만 매달리기 시작했다. 아기를 발가벗긴 후 가제수건으로 아기의 눈만을 가린 채 등 뒤부터 아침 햇살에 온몸을 2십여 분씩 돌려가면서 햇빛을 쪼여주었다. 젖 수유에 비하면 마더스 밀크 분유 수유는 의외로 복잡했다. 젖병과 고무젖꼭지를 소독하는 것은 물론이고 분유를 탈 물도 일일이 끓여야만 했다. 소독한 가짜 젖꼭지에 불순물이 묻지 않았는지 두세 번 확인하고 나서야 물렸다. 그러나 한동안 진짜 젖꼭지에 익숙해져 있던 아기는 한사코 가짜 젖꼭지를 밀어내었다. 끈질기게 젖병을 물리려 하자 아기는 있는 힘을 다해 몸을 뻗대며 큰 소리로 울어대기 시작했다. 아기와의 실랑이는 새벽까지 이어졌다. 날이 어슴푸레 밝아왔을 무렵, 마침내 가짜 젖꼭지가 아기의 입속으로 쏙 들어갔다. 그런데 이상한 일이었다. 아기의 입 언저리로 뽀얀 액체가 흘러내리는 것이었다. 처음엔 제대로 물리지 못한 때문이라고 생각했다. 그래서 손으로 아기의 윗입술을 살짝 들어 올린 후, 다시 물렸다. 잠시 후, 아기의 입술에서 가로로 번지던 희뿌연 액체가 턱을 타고 목까지 흘러내렸다. 자세히 보니 아기가 고의로 혓바닥을 이용해 가짜 젖꼭지를 밀어내었던 것이었다.

아기가 젖병을 거부한 지 이틀째, 자칫 심각한 탈수를 불러올 수도 있겠다는 생각에 나는 속이 타들어갔다. 조금씩 간격을 두고 젖병을 아기의 입으로 가져가 보았다. 그러나 아기의 태도는 여전히 완강했다. 시간이 지날수록 아기는 손발의 움직임도 느려지고 입술마저 하얗게 부풀어 올랐다. 문득 산후조리사 교육장에서 들었던 말이 떠올랐다. 아무리 고집이 센 아기라도 사십팔 시간만 굶으면 빨게 돼 있다고. 젖내를 기억하고 있던 아기는 연신 혀로 내 가슴을 더듬으며 서럽게 울어댔다. 나는 우는 아기를 유모차에 태웠다. 한 달 남짓한 아기는 유모차를 탄 게 아니라 유모차에 파묻혀 있는 것처럼 보였다. 문득 내 아이는 유모차도 한번 타 보지 못했다고 나는 생각했다. 아기는 유모차 안에서도 여전히 악을 쓰며 울어댔다.

보온병의 물을 따른 젖병에 분유 세 숟가락을 넣고 뚜껑을 돌려 닫았다. 그러고는 양 손바닥에 젖병을 끼우고 나서 몇 차례 빙글빙글 돌렸다. 하얀 액체가 만들어내는 거품 알갱이들은 내 손이 움직이는 방향에 따라 미세하게 뽀글거렸다. 젖병을 치켜세워 싱크대 찬장 밑의 형광등에 비췄다. 그러잖아도 불빛이 흐린데다가 안전기까지 고장이 나 있어서 눈금이 어른거려 보였다. 몸을 돌려 식탁 등에다 다시 비춰보았다. 뽀얀 액체가 100ml를 가리키는 눈금에서 찰랑거렸다. 젖병을 들고 또다시 아기의 곁으로 다가갔다. 죽을죄라도 지은 사람처럼 무릎을 꿇어 애원하듯 내가 말했다.

— 아가야. 제발 한 모금만이라도 삼키렴. 간절히 원하면 이루어진다고 했던가. 애타는 내 마음을 읽기라도 한 듯 아기가 가짜 젖꼭지를 덥석 물었다. 고맙고 반가운 마음에 눈물이 핑 돌았다. 아기가 젖병을 빨면서 땀을 흘렸다. 땀을 그냥 흘리는 게 아니라 뻘뻘 흘렸다. 하얀 가제 손수건으로 아기의 얼굴과 목에서 번들

거리는 땀을 닦아주었다. 어느새 아기는 분유 100ml를 다 빨았다. 그 모습을 보는 순간, 막혔던 가슴이 뻥 뚫리는 느낌이었다. 그런 느낌도 잠시뿐. 갑자기 내 아이는 단 한 차례도 젖병을 빨아보지 못했다는 생각을 하는 순간, 은근히 질투심이 일었다. 아픈 아기에게 질투심을 느끼다니. 나한테도 이런 면이 있었나 싶었다.

아기가 분유를 먹기 시작하면서부터 내 마음은 조금씩 안정되었다. 그러나 아니나 다를까. 며칠 후부터 으슬으슬 춥기 시작하더니 온몸이 부서지는 것 같이 아파왔다. 어떻게 하면 자신이 편해질까만 생각하는 것은 정말 아픈 아기에게 벌 받을 짓인지도 몰랐다.

아기 옷장 정리를 끝내고 나서 벽시계를 쳐다봤다. 아기엄마가 도착하기 전에 젖병 소독까지 끝내려면 시간이 빠듯할 것 같았다. 나는 양손에 빈 젖병 하나씩을 든 채 급히 주방으로 향했다. 희뿌연 플라스틱 젖병 속에 스펀지 브러시를 넣고 빙빙 돌리고 나서 수도꼭지를 돌려 틀었다. 젖병을 가득 채우고 흘러넘친 수돗물이 키친대로 떨어졌다. 젖병 여섯 개와 고무젖꼭지 네 개를 넣어둔 스테인리스 냄비를 가스레인지에 올리고 불을 켰다. 그러고는 거실 구석에 세워둔 트렁크를 열었다.

바닥에 쪼그리고 앉아서 흩어진 옷가지들과 틈틈이 꺼내 보던 노트 등을 주섬주섬 트렁크에 담기 시작했다. 치약과 칫솔, 손소독제와 잠자리 모양의 갈색머리핀 등을 비상용으로 갖고 있던 비닐 지퍼 팩에 집어넣고 있을 때 셀폰 벨소리가 울렸다. 틀림없이 아기 아빠일 거라고 나는 믿었다. 그런데 휴대폰에서 흘러나오는 목소리는 아기 아빠가 아니었다.

— 삼십분 안에 도착할 것 같아요.

그렇게 말하는 아기엄마 목소리는 어느 때보다도 경쾌하게 들려왔다. 그러나 내 가슴에는 돌 하나를 올려놓은 양 한없이 무겁기만 했다.

그는 어느 날 갑자기 내 곁을 떠나갔다. 어머니 모시러 잠깐 다녀오마 하고 저녁 먹고 나간 뒤였다. 그날 그는 교통사고로 병원 중환자실에서 운명했다.

— 어차피 살아내지 못할 바엔 억지로 연명할 필요 없어. 이 세상에 태어난 모든 생명은 각자에게 주어진 시간이 지나면 떠나가야 하는 걸.

그것이 그가 남긴 마지막 말이었다.

살고 싶은 생각이 티끌만큼도 없었다. 무작정 슬프고 억울하고 화가 나서 견딜 수 없었다. 얼마 후, 뱃속에 아이가 생긴 사실을 알게 되었다. 내 나이 스물일곱. 친정에서는 아이를 지워야 네가 새 출발할 수 있다고 성화였다. 그토록 기다려왔던 아이였건만.

입에서는 어이없다는 말만 튀어나왔다. 정말 어이가 없다는 말이 딱 들어맞았다. 나는 한동안 그 말을 입에 달고 살았다. 라면을 끓일 때, 파를 썰 때, 길을 걸을 때면 "어이가 없어!"라는 말이 자꾸 튀어나왔다.

결국 아이를 낙태할 요량으로 병원엘 찾아갔다. 참, 이상한 일이었다. 아랫도리를 벗고 수술대에 올라가기만 하면 다급한 환자가 들이닥쳤고 그때마다 수술대에서 내려와야만 했다. 내가 낙태를 결심한 건 혼자서 아이를 키울 자신이 없어서가 아니었다. 꽃같은 나이라서 다시 결혼하려면 아이가 걸림돌이 될 것이 이유였다.

사십이 지난 어느 날, 나는 문득 떠나고 싶은 충동으로 미국이민을 엘에이로 왔다. 그리고 오십이 넘도록 내겐 아기를 안겨줄 그런 결혼 상대는 영영 나타나질 않았다. 아이의 비명소리와 살점들을 싣고 흘러가는 강물 위로 부는 바람이 윙윙 소리를 냈다. 그 소리는 강물이 우는 소리 같기도 하고 아이의 울음소리 같이 들리기도 했다.

남이 겪은 일처럼 동떨어진 며칠이 지나갔다. 아이는 떠나고 없는데 눈치 없는 젖은 계속 돌았다. 악몽과 젖몸살로 밤새 시달리다가 잠에서 깨어났을 때 아직도 창밖은 어둠으로 채워져 있었다. 퍼뜩 눈을 뜨고서도 뱃속에 아이가 없다는 생각을 채 못하다가, 아! 그랬었지, 하고 아이의 부재를 인식했었다. 젖이 겉옷 위로 베어 나왔다. 유축기를 퉁퉁 불어 있는 가슴에 갖다 대자 뽀얀 젖이 아이를 향한 그리움처럼 뿜어져 나왔다. 눈을 떴을 때 침대의 베갯머리가 흥건하게 젖어 있었다.

병원을 다녀온 이후에도 매일 한두 차례씩 전화도 하고 카톡도 보냈지만 어찌 된 일인지 아기 아빠한테서는 소식이 없었다. 처음에는 짜증이 났지만 시간이 지날수록 초조해졌다. 문득 아픈 아기에게 달려오지 못하는 아기 아빠가 얼마나 괴로워하고 있을까. 그 생각을 하다 천천히 창가로 걸어갔을 땐 이미 해는 느릿느릿 기울고 있었다. 언제 날아와 앉아있었는지 비둘기 한 마리가 대나무에서 날아올랐다. 그 충격에 가지에 남아있던 몇 안 되는 성성한 댓잎들이 떨어져 떼처럼 허공을 날아올랐다. 그때 등 뒤에서 무슨 소리가 들려왔다. 퍼뜩 뒤를 돌아보았다. 그것은 전혀 예상치 못했던 소리였다. 아기가 처음으로 옹알이를 한 것이었다.

"까꿍."

아기와 눈을 맞춘 순간, 나는 자신도 모르게 '까꿍' 했다. 까꿍, 해야지 마음먹고 한 게 아니라 입에서 저절로 그 소리가 튀어나왔다. 아기가 처음으로 방긋 웃는 표정을 지어 보였다. 아기는 눈부터 웃었다. 웃고 있는 작은 입속은 온통 발그레한 꽃망울로 채워져 있었다. 분홍빛이 도는 맨 잇몸은 이가 다 빠진 늙은이의 그것과는 달리 참 예뻐 보였다. 아기가 또 한 번 입을 크게 벌리고 웃었다. 이번에는 까르르 소리까지 내었다. 순식간에 분홍빛 웃음소리가 방안 가득 채워졌다. 웃음이 나오려는 걸 억지로 참고 있던 나는 끝내 하하하! 하고 소리 내 웃고 말았다. 내 아이를 떠나보낸 후, 까맣게 잊고 있었던 웃음이었다. 아기는 눈동자도 얼굴빛도 어느 때보다 해맑아 보였다. 손발의 움직임도 몰라보게 활발해졌다. 이 기쁜 소식을 빨리 전해주고 싶었지만 아기엄마의 휴대폰은 여전히 꺼져 있었다.

한 달 새 아기 머리카락은 많이 자라 있었다. 머리카락 한 가닥이 아기의 눈을 가리고 있는 게 보였다. 문득 아기의 머리카락을 잘라주고 싶었다. 거실 바닥에 하얀 종이 한 장을 깔았다. 그 옆에 아기를 뉘인 후, 조심스럽게 가위질을 하기 시작했다. 두 개의 가윗날이 서로 부딪치면서 찰캉찰캉하는 소리가 났다. 찰캉찰캉하는 소리가 날 때마다 까만 머리카락이 하얀 A4 종이 위에 톡톡 떨어졌다. 작고 볼록한 이마가 드러났다. 아기 이마는 떠나간 아이의 이마와 닮아 있었을 것이다. 첫 대면을 하는 순간부터 아기가 내 아이와 닮았을 거라고 나는 생각했다. 노르스름한 얼굴이며, 짱구머리, 까맣고 숱이 많은 머리카락까지. 어디선가 불어오는 바람결에 아기의 머리카락이 살랑살랑 춤을 추었다.

출장 산후조리 회사를 통하여 산후도우미의 직업을 시작한건 돈 때문만은 아니었다. 뱃속의 아이를 떠나보낸 뒤부터 내 마음 안에는 구멍이 숭숭 뚫려 있었다. 그 구멍들을 무엇으로든 메워 야만 했다. 어쩌면 처음부터 아기들을 돌봐야겠다는 생각보다는 숭숭 뚫려 있는 내 마음속의 구멍들을 메우려 했는지도 몰랐다.

벽시계에 힐끗 눈이 간 순간, 갑자기 마음이 조급해지기 시작 했다. 아기에게 우유병을 물리자 아기의 목안으로 분유 넘어가는 소리가 갈증을 느낀 어른이 물 들이키는 소리처럼 들렸다. 문득 머릿속에서 그땐 자신이 왜 그랬는지 모를 일이었다. 낙태로 지 운 아기는 자주 꿈에 현실처럼 나타나기도 했다. 어느 땐 나타나 서 작고 가녀린 손으로 내 가슴을 더듬기도 하고 그러다가 눈이 마주칠 때면 방긋 웃어 보이기도 했다. 신기하게도 아기들을 돌 보면서부터는 내 아이는 꿈에 나타나지 않았다.

엄지와 검지로 집게를 만들어 우유병 꼭지를 지그시 눌러주며 나직한 목소리로 내가 말했다.

— 아가야, 많이 먹으렴.

내가 하는 말을 알아들었는지 못 알아들었는지 아기는 계속해 서 옹알이만 하고 있었다. 문득 코끝이 시큰해지더니 눈앞이 흐 릿해졌다. 비명처럼 쏟아질 눈물을 눈 안쪽으로 밀어 넣으려고 했을 때 기어이 눈물 한 방울이 오른쪽 뺨을 타고 흘러내렸다. 팔꿈치로 스윽 뺨을 훔쳤다.

갑자기 아기가 물고 있던 젖꼭지를 쏙 빼고는 내 얼굴을 빤히 올려다봤다.

— 아가, 너를 어쩌면 좋으니.

아기와 눈을 맞추자 밖에서 무슨 소리가 들려왔다. 벌써 아기 엄마가 도착한 걸까. 소리가 나는 쪽으로 귀를 쫑긋 세워보았다. 그러나 바람에 댓잎들이 서걱거리고 창문이 달달 떨리는 소리였다.

— 옳지, 이제 우리 아기 엄마가 올 때까지 코 자자.

나는 아기를 품에 꼭 껴안고 방안을 왔다 갔다 하면서 자장가를 불렀다.


자장자장 우리 아가 자장자장 잘 자거라
엄마 말도 잘 듣고 아빠 말도 잘 듣는
고운 아가랍니다 예쁜 아가랍니다
자장자장 우리 아가 자장자장 잘 자거라
종달새는 노래하고 어여쁜 꽃피어나니 바람은 살랑살랑
어서어서 꿈나라로 예쁜 아기 고운 아가
자장자장 우리 아가 자장자장 잘 자거라


어디에 있든 무엇을 원하든

# 천사는 '팜츄리' 나무 아래에 산다

이봉일 _ 경희사이버대학교 미디어문예창작과 교수, 문학평론가

| 해설 | 이봉일 _ 경희사이버대학교 미디어문예창작과 교수, 문학평론가

# 천사는 '팜츄리' 나무 아래에 산다

꿈만으로, 사랑만으로, 그리움만으로
나는 지금 어디쯤 와 있는 것일까!
―「어디에 있든 무엇을 원하든」에서

## 1. 서사는 어떻게 시작되는가!

해외 이민 동포 소설의 대부분이 자전적 체험의 기록들이라고
볼 때, 홍영옥 작가의 소설도 예외는 아니다. 이번 작품집 『어디
에 있든 무엇을 원하든』에 실린 7편의 단편소설 모두는 작가의
이민 생활이 투영된 소설이라고 해도 무방하다. 이때 소설에서
요구되는 것은 그 자전적 체험들이 소설의 플롯 속에 잘 녹아들
어 작가의 서사전략과 딱 맞아떨어지는 세계를 구축할 수 있느냐
하는 문제이다. 소설은 시공간의 서사로, 지금―여기에서 일어

나는 사건들을 씨줄과 날줄로 엮어 짜서 원하는 곳에 원하는 것을 배치시키는 것이다.

해외 이민 동포 작가의 소설들은 국내 작가의 소설들과는 사뭇 다른 이국적인 이야기와 정서, 그리고 메시지를 담고 있다. 소설이 개인 삶의 드라마틱한 장면들을 가지고 이야기를 만들어가는 장르임을 생각해보면, 해외 이민 동포들의 삶은 소설의 독특한 창작 소재이기도 하다. 그러나 좋은 옷감이 있다고 해서 훌륭한 옷이 만들어지지는 않는다. 작가 자신의 체험만 가지고는 독자들의 심금을 울리는 서사적 이야기를 만들 수 없으며, 자칫 고백 소설로써 그치기 쉬운 약점을 노출할 수 있다.

1980년대 이후, 해외 이민 동포 작가(대부분이 미주에 살고 있다)의 작품 속에는 자전적 체험들이 이야기의 중심을 이룬다. 이 시기 작가들은 이민 1·2·3 세대가 함께 공존하면서, 소설의 내용은 각 세대별 특성에 맞게 일제강점기와 6·25 전쟁, 그리고 그 이후 정치 경제적 상황과 맞물려 있다. 그러나 해외 이민 동포 작가들이 어떠한 삶의 이야기를 창작 모티브로 삼아도, 이들 작품들 속에는 공통된 특성들이 존재한다. 그것들을 분석해낼 때, 해외 이민 동포들이 겪은 삶의 희로애락을 제대로 이해할 수 있을 것이다.

작가가 고국을 방문했을 때, 그의 감성적 촉수는 광화문 거리를 걸으며 모국의 흔적을 찾으려 애써 보지만, 결코 찾을 수 없었다. 작가가 '작가의 말 — 오줌 싸게 키 쓰고 소금 얻으러 가기'에서 이야기하고 있듯이, 작가가 생각하는 고국과 발전하고 변화된 한국 사회의 모습이 크게 달랐기 때문이다. 작가가 이민 생활을 하는 동안 고국의 '말씨와 식성과 언어'가 아주 많이 바뀌었고, 그로 인해 작가는 "나의 모국은 어디에 있을까? 나는 어느 곳을 떠돌고 있을까?"하는 자신의 삶에 대한 근본적 질문에 휩싸인 것이다. 그래서 작가는 그 돌파구를 찾기 위해 새로운 길을 모색하기 시작했고, 우연한 기회에 소설을 알게 되었다. 이것은 작가에게 인생의 변곡점을 알리는 문학적 봄날의 시작이었다. 소설 쓰기는 작가의 가슴 저 밑바닥에서 고향에 대한 그리움으로 목말라하던 개인과 민족의 정체성을 찾을 수 있게 해준 마음의 등불이 되었다.

작가는 누구나 자신의 고유한 문학 세계를 추구한다. 그리고 이를 위해 자신만의 독특한 서사의 세계를 만들어나가는 장치를 가지고 있다. 홍영옥 작가의 소설 속에 등장하는 주인공들은 거의 모두가 이민을 떠나오기 전에 정신적 외상을 겪는다. 그의 소설을 읽어본 독자라면, 소설의 서사를 이끌고 나가는 힘의 근원이 바로 정신적 외상의 극복과정과 맞닿아 있다는 사실을 발견할 수 있다.

## 2. 서사의 추동력은 정신적 외상이다.

「1958년, 그 여름의 끝」에서 '나'는 미국 캘리포니아 연안에 혹등고래가 나타났다고 구경가자는 아이들의 성화에 따라나선다. 일반적으로 캘리포니아 남서부 해안에서 고래 떼의 행렬을 볼 수 있는 기간은 12월 하순부터 다음해 3월 초순까지이다. 디스커버리(Discovery)호를 타고, 롱비치(Long Beach) 항구를 떠난 지 1시간 만에 망망대해에서, "숨구멍으로 큰 숨을 토하며 수면 위로 긴 등과 꼬리를 잠깐 드러낸 후 다시 깊은 물속으로 들어가는" 혹등고래의 장관이 펼쳐진다. '나'는 이 장관을 보면서 자신이 살았던 서부이촌동에서의 1958년 그해 여름의 마지막 풍경을 떠올린다.

그 기억은 거대한 물의 무서움이었다. 1958년 9월 4일부터 6일까지 전국적으로 내린 폭우로 서울 경기일대는 30여 년 만의 큰 홍수 소동을 일으켰다. 그 폭풍우의 제19호 태풍 이름은 그레이스였다. 이 태풍으로 전국적으로 이재민이 1만 3,477명이 발생했고 1만 445동의 건물 피해와 263억 29백여만 원의 재산피해를 냈다. 더구나 한강의 증수로 한강변 낮은 지대는 모두 침수되고 서울에서만 약 2천여 세대 7천여 명의 이재민이 발생했다. (「1958년, 그 여름의 끝」)

용산구 이촌동은 조선시대 말까지도 모래벌판이어서 여름에 장마가 지면 홍수를 피해 강변으로 옮겨 살았기 때문에 마을을 떠난다는 의미의 이촌동(移村洞)이라고 불렸다. 그러나 해방 후인 1946년 이촌 1·2동으로 행정구역이 나뉜 후, 1동은 동부이촌 동(二村洞)으로 2동은 서부이촌동(二村洞)으로 불리며 오늘에 이르 렀다. 이곳은 조선 초기부터 대역죄인의 처형장이었는데, 그때부 터 죽은 사람의 혼령을 천도시키기 위해 '지노귀새남'라는 굿을 하는 데서 유래한 '새남터'라는 지명이 있다. 한강대교와 원효대 교 사이에 있어서 태풍이 오면 한강이 넘쳐 항상 피해가 컸다.

작가의 가족은 1958년 봄 경기도 부천군 소사읍에서 서울 용 산구 서부이촌동으로 이사를 한다. 그리고 6개월도 안 되어 제 19호 태풍 그레이스의 홍수로 가게와 집을 잃고, 한 달 동안 한 강학교에 수용되어 생활하게 된다. 그런데 왜 작가는 이때의 쓰 라린 기억을 캘리포니아 앞바다 망망대해 배 위에서 수많은 혹등 고래가 펼치는 군무를 보면서 떠올리게 되었을까? 그 기억은 우 리 앞에 제시되는데, 2개다. 하나는 홍수로 인해 한강이 범람했 을 때 강물에 휩쓸려가는 소꿉친구 '재원'의 죽음에 관한 것이 고, 다른 하나는 작가의 엄마가 학교건물 바닥에서 배급받은 미 군 담요 한 장을 덮고 난산 끝에 동생을 낳은 것이다. 그 후 수재 민들은 미아리 공동묘지 옆 삼양동 허허벌판에 지은 천막촌에서 힘겨운 생활을 시작한다. 제19호 태풍 그레이스는 이처럼 가혹한 수해재난으로 작가의 가슴속에 끔찍한 악몽으로 깊이 각인되었다.

작가는 왜 삶과 죽음이 교차하는 물에 대한 공포를 상징하는 두 개의 고통스런 기억을 이야기하는 것일까? 아마도 극한의 상황에서 삶과 죽음이라는 이름이 결코 다르지 않다는 것을 말하고 싶었을지 모른다. 이러한 생사의 경계를 가로지르며 삶의 운명을 결정짓는 서사적 화자의 두 번째 모습을 살펴보자.

1971년 12월 25일 오전 9시 30분경, 서울 충무로에 있는 대연각호텔에 화재가 발생했다. 이 화재로 총 166명이 사망하고, 68명이 부상당했다. 사망자는 한국인 122명, 교포 5명, 일본인 8명, 중국인 3명, 미국인 1명, 인도인과 터키인 각 1명, 국적 불명 25명 등 다양한 국적의 사람들이다. 그만큼 대연각호텔은 당시에 국제적 감각의 숙소였다.

「천사의 도시」에서 나오는 주인공 '나'의 남편 'Y'도 이때 죽었다. 출장을 가기 위해 예약했던 항공편이 하루 지연되면서, 항공사에 제공한 숙소가 대연각호텔이었던 것이다. 이 참변에 대해 시아버지는 며느리 탓으로 돌렸다. "여자가 잘못 들어와 집안에 참변이 벌어졌다"며, "너는 며느리가 아니라 살인자다"라고 말하는 시아버지의 눈빛은 싸늘했다.

Y가 세상을 떠난 이듬해 나는 오랜 진통 끝에 아들을 낳았다. 난산이었다. 내 새끼라는 사실을 증명하듯 아이의 손목에는 파란 점이 돋아나 있었다. 작은 생명체가 꿈틀거릴 때마다 그 파란 점이 별빛처럼 반짝였다. 사람들의 몸에는 왜 점이 있을까. 저마다 감춰둔 사연, 또는 앞으로 펼쳐질 일들이 응축되어 까맣게 맺혀 있는 게 아닐까. 우리 아이는 어떤 사연을 안고 태어났을까. 나는 그 파란 점을 눈여겨보며 아이의 운명을 점쳐보곤 했다. 시부모는 자기 집안의 핏줄만 남기고 내가 사라져주길 바랐다. 그것이 영원불변의 진리라고 말하는 듯한 Y의 부모 앞에서 나는 벙어리가 되어버렸다. 마음속에서 소용돌이치는 말들이 밖으로 나올 엄두를 내지 못하고 사그라졌다. (「천사의 도시」)


　'Y'가 세상을 떠난 후 '절망과 환상 속에서' 허우적거렸던 '나'는 이듬해 출산을 한 지 아흐레 만에 '자기 집안의 핏줄만 남기고' 떠나주길 바라는 시부모의 요구에 어쩔 수 없이 미국행 비행기에 몸을 실었다. 스스로 생을 마감하고 싶었으나 결국 용기를 내지 못했던 '나'의 미국행은 '과거를 지우기 위한 최선의 선택'이었다. '나'는 미국에서 한국에서의 간호사 경력을 인정받아 일자리를 구할 수 있었다. 이로써 '나'는 한국에서의 정신적 외상을 가슴속에 묻은 채 미국 생활에 적응해 나갔다.

이러한 개인적 상황과는 달리 국가적 위기 속에서 어쩔 수 없이 실직하게 된 후, 새로운 삶에 대한 도전의식으로 불투명한 미래를 각오하며 미국 이민을 선택한 서사적 화자의 세 번째 모습을 살펴보자.

우리나라가 국제통화기금(IMF)에 구제금융을 요청한 것은 김영삼 정부 마지막 시기인 1997년 11월 말경이다. 국가 빚은 총 1,500억 달러가 넘고, 외환보유액은 39억 달러까지 급감했다. 1997년 12월 3일 임창열 경제부총리와 강드쉬 IMF총재가 긴급자금지원 기자회견을 열었고, 이후 IMF로부터 195억 달러, 세계은행(IBRD)과 아시아개발은행(ADB)으로부터 각각 70억 달러와 37억 달러의 구제금융을 지원받아 간신히 국가 부도 사태는 막았다. 이때 IMF는 돈을 빌려 주는 대가로 우리나라에 무지막지한 조건을 제시하였다. 당시 대통령 선거 후보들에게, 대통령에 당선되면 김영삼 정부가 IMF와 한 약속을 꼭 지키겠다는 각서를 쓰라고까지 무례한 요구를 하였다.


1997년 11월, 지역적 금융위기로 시작된 한국의 IMF(국제통화기금)는 가장 먼저 강철밥통과도 같던 남편이 다니던 은행을 뒤흔들었다. 남편이 공채로 일반사원이 되고 출근한 지 꼭 26년째 되던 해였다. 남편은 명문대를 졸업하던 해에 시아버지의 강한 권유로 은행에 들어갔다. (중략) 결국에는 실력을 인정받아 고속 승진을 하였고, 다른 입사 동기생들보다 제일 먼저 지점장이 되었다. 그러나 한국에 IMF 가 터진 지 1년 만에 잘려나갈 때도 가장 먼저 1순위가 되었다. (「어디에 있든 무엇을 원하든」)

1998년 2월 새로 들어선 김대중 정부는 그 약속을 충실히 지켰고, 국민들의 자발적인 금모으기 운동과 아나바다 운동(아껴 쓰고, 나눠 쓰고, 바꿔 쓰고, 다시 쓰기 운동)에 힘입어 2001년 8월 23일 IMF에서 빌린 돈을 모두 갚음으로써, 외환위기에서 완전히 벗어날 수 있었다. 그러나 외환위기로부터는 벗어났지만, 대량실직이라는 서민들의 삶은 풍전등화의 상황으로 내몰리고 있었다. 「어디에 있든 무엇을 원하든」의 주인공 '나'는 남편과 함께 이러한 IMF 위기상황에서 1998년 미국 이민을 결행한 것이다.

그러나 개인이 정신적 외상을 겪는 방식은 꼭 국가적 위기에 어떻게 살 것인지 고민하는 데에만 있는 것은 아니다. 「천사의 도시」에 등장하는 '수민'처럼 자식의 미래를 준비해 주고자 자발적으로 불법적 미국 원정출산을 선택한 경우도 있다.

이 세상에는 수많은 길이 있고, 사람들은 심사숙고해서 선택한 방향으로 발걸음을 옮긴다. 미국행 비행기에 몸을 실은 산모들이 얻고자 하는 건 바로 독수리가 새겨진 여권이다. 아이의 이름 석 자가 찍힌 여권을 어떻게든 취득해서 반쪽 미국인으로 살게 하려는 것이다. 원정출산이라는 달콤한 유혹에 깊이 빠져든 산모들은 어떤 위험도 감수하겠다는 각오로 비행기를 탄다. 방문 비자 여행객으로 위장하고 말이다. 그 유행은 들불처럼 번졌고 수민도 그런 특별한 여행길에 오른 산모였다.

「천사의 도시」

"내 새끼한테 물려줄 재산이 없으니 미국시민권이라도 만들어주고" 싶고, 훗날 그것을 가지고 자기 자식이 기름진 환경에서 교육받고 다양한 혜택을 누리며 살 수 있다면, 부모로서 더 바랄 게 없다는 입장이다. '수민'은 출산 직후, "이제부터 엄마는 너를 위해 살 거야. 니가 원하는 것이라면 뭐든지 해줄 거야"라고 아기에게 말한다. 이것은 '나'가 시댁에 빼앗긴 아이에게 꿈에서나 할 수 있는 말이다. 이제 '수민'은 '나'의 소타자(a)가 되어 내 안의 가장 소중한 나가 된다. 이렇게 하여 나에게 원정출산에 대한 도덕적인 죄의식은 사라지고, 고국의 신생아를 내 눈으로 보고, 내 손으로 안아주고 싶은 모성애로 전환된다.

### 3. 그들은 미국에서 어떤 삶을 살고 있나?

「천사의 도시」의 '나'는 중년에 접어들면서 삶에 회의를 느끼고, 더 늙기 전에 좀 더 가치 있는 일을 모색하기 위해 간호사 생활을 그만둔다. 어쩌면 오래전부터 '나'의 마음속에는 젊어서 박탈당한 엄마의 자리를 회복하고 싶은 욕망이 꿈틀거리고 있었을지 모른다. 그래서 그가 선택한 새로운 직업이 산후조리사라면, 서사적 화자의 목소리는 계속될 수밖에 없다.

나는 병원에 사표를 낸 후 발 빠르게 움직였다. 언제부턴가 내 안에 차오른, 신생아만을 돌보고 싶은 욕심을 채우기 위해서였다. 어떤 식으로도 갚을 길이 없는 부채의식을 조금이나마 덜어보려는 심산인지도 몰랐다. 결단과 정리는 신속하게 이루어졌다. 나는 로스앤젤레스 한인 타운에 일자리를 얻었다. 산후조리사였다. (「천사의 도시」)

빼앗긴 자식에 대한 강렬한 욕망, 그것이 '나'로 하여금 산후조리사라는 직업을 갖게 한 것이라면, 자식을 향한 말할 수 없는 그리움이 '나'의 삶을 지탱하는 힘일 것이다. 고국의 신생아를 갈망하는 '나'의 욕망은 의식과 무의식의 세계를 넘나들며 독자들을 압도한다. 그 욕망은 결코 충족될 수 없는, 무의식적 충동을 반복하면서 '나'의 삶을 지배한다. 그것은 결코 '나'의 현실에서는 채워지지 않는다. 그리고 언젠가는 그 자식을 다시 만날 수 있으리라는 '나'의 희망 또한 부권적 은유라는 상징적 질서 속에 편입되지 않고, 지연된다.

'나'는 상징적 질서에 순응할 뿐, 산후조리원에서 자신의 상상적 질서 속으로 들어오는 산모들과의 동일시를 포기하지 않는다. '나'는 산후조리사로 일하면서 삼십여 년 전 한없이 슬프고 막막하던 나날들을 수도 없이 떠올렸을 것이다. '나'는 그 정신적 외상을 들여다보지 않고서는 살아갈 의미를 찾지 못 한다. 그래서 '나'는 '마음속 여기저기 떨어져 있는 돌부리에 계속 걸려' 넘어지면서도 결코 그곳을 떠나지 않는다. 왜냐하면 그곳에는 '나'가 그렇게 갈망하는 욕망의 실체, 즉 "해산하고서 미역국조차 얻어먹지 못한 젊은 여자와 손목에 푸른 점이 돋아난 핏덩이"가 있기 때문이다.

「천사의 도시」에서 산후조리사인 '나'는 「너와 나의 자장가」에서 어떤 모습으로 살아가는지 알아보자! 주인공 '나'는 사십이 넘어 LA로 이민을 온, 현재 52세 산후조리사다. 28세에 첫 아이를 지운 이후로, 아기의 얼굴을 보면, 그때 얼굴도 모른 채 형체도 없이 사라져간 아기의 울음소리와 함께 '아랫도리에서 날카로운 금속 소리가 철거덕철거덕' 환청처럼 들려온다. 그 이유로

'나'는 죽은 아기에게 엄마로서 아무것도 해주지 못한 대가로, 그 결여를 채우기 위해 끊임없이 그때로 돌아가고 싶어 한다.

출장 산후조리 회사를 통하여 산후도우미의 직업을 시작한건 돈 때문만은 아니었다. 뱃속의 아이를 떠나보낸 뒤부터 내 마음 안에는 구멍이 숭숭 뚫려 있었다. 그 구멍들을 무엇으로든 메워야만 했다. 어쩌면 처음부터 아기들을 돌봐야겠다는 생각보다는 숭숭 뚫려 있는 내 마음속의 구멍들을 메우려 했는지도 몰랐다. (「너와 나의 자장가」)

현재 숭숭 뚫려 있는 내 마음속의 구멍을 메우기 위해서는 내 마음속에 구멍이 숭숭 뚫린 원인을 찾아야 한다. 그 원인은 죽은 아기에서 비롯되었으므로, '나'의 곁에 없는 아기를 불러오기 위해서는 그때의 기억을 재현하는 길밖에 없다. 그래야 아기가 '나'의 곁에 살아나기 때문이다. 그러나 죽은 아기를 불러오면, '나'의 고통은 이루 말할 수 없이 커진다. 그래서 나는 죽은 아기의 진혼을 위해 살아 있는 아기에 대한 헌신적 삶을 선택한 것이다. 그것이 산후조리사다.

「어디에 있든 무엇을 원하든」에서 IMF 때 남편과 함께 이민 간 '나(미경)'는 어떻게 살아가고 있을까? '나(미경)'는, 아르헨티나로 이민 갔다가 그곳에서 번 돈으로 미국에 와 LA의 자바시장에서 아동복가게를 하고 있는 친구 '상희'의 권유로 그곳에서 보따리 장사를 시작한다. LA의 자바시장(Jobber Market)은 LA뿐만 아니라 캘리포니아 전체의 의류도매시장으로, 한국의 동대문시장과 같은 곳이다. '나(미경)'는 한국에 살고 있는 고모에게 부탁한 상품들(중년 여자들 바지, 요즘 유행하는 칼라의 니트 상의, 핑크-하양-검정-회색의 면 티셔츠, 야한 디자인의 레이스 잠옷들)을 가지고 미국 전역으로 사업영역을 넓혀가며 출장판매에 나선다.

첫 출장지는 애리조나(Arizona)주 피닉스(Phoenix)를 시작으로 투산(Tucson), 멕시코 국경지역 시에라비스타(Sierra Vista), 유마(Yuma)까지이다. 특히 유마에서 만난 '오리엔탈 기프트' 가게주인, 검정 무명치마와 흰 저고리를 입고 '두레처럼 꼬아 올려 쪽진 머리에 은비녀를 질끈' 꼽은 50 후반의 한국 여인의 말은 아주 인상적이다.

저 황량한 사막에 혼자 서 있는 선인장들보다도 더 많이 외로웠지. 이렇게 은비녀를 꼽고, 한복을 입고 있어야 내가 한국 사람이라는 걸 내 스스로 확인할 수 있거든. 모두가 다 미국인들이라 내가 백인인가 헷갈린단 말이야. (「어디에 있든 무엇을 원하든」)

'그녀'는 열아홉 살에 백인 남편에게 시집와서, 40년 가까이 미국에서 살았다. 그 세월 동안 '저 황량한 사막에 혼자 서 있는 선인장들보다도' 더한 외로움을 이기기 위해, 그리고 한국인이라는 사실을 잊지 않기 위해 머리에 은비녀를 꽂고 한복을 입어야 했다. 그래야만 엄혹하고 고독한 현실에서 한국인으로서 자신의 정체성을 지킬 수 있었기 때문이다.

'그녀'는 떠나는 '나'에게 '이 앞 큰길에서 좌회전하여 한 시간쯤 가면 한국 사람 가게 한군데 더' 있으니, 엄청 반가워할 거라며 꼭 들려서 가달라고 주문한다. 그곳의 이름은 '디스카운트 스토어'였다. 거기에는 미국 지사로 발령받았던 대학시절 산악결혼식까지 약속했던 '윤민우' 선배가 어떤 이유에서인지는 모르지만, '세월이 하얗게 내려앉은 사막의 잡초처럼' 초췌하게 살고 있었다. 두 사람의 이 극적인 만남은 좀 생뚱맞은 느낌이 든다. 그러나 자발적이건 그렇지 않건 미국 사회의 하층민으로 혹은 이방인으로 살아가는 한국 이민자들은 미국의 주류사회가 관심을 두지 않는 생존의 틈새에서 삶의 터전을 일구면서 살아가고 있었던 것이다.

'나(미경)'가 남편과 함께 시작한 한국인 가게 찾아가기는 처음에는 생존을 위한 행동이었을지 모르지만, 그들이 한인 가게의 주인들을 만날 때마다 서로 반가워하는 심리적 근원에는 한국인으로서 자기 정체성의 문제가 놓여 있다. 나의 삶을 만들어가는 과정은 마음의 고향, 더 나아가 민족 정체성이라는 정신적 자장 속으로 흡수된다. 이제 그들의 마음속에는 동포애적 유대감과 민족적 정체성이 자리를 잡고, 서로가 서로에게 기쁨과 위로를 건네주는 주체로서의 타자, 타자로서의 주체가 된다. 이런 민족 정체성의 본질은 1960~80년대의 가장 민족적인 것이 가장 세계적이라는 한국문학의 문화적 담론과도 일맥상통한다.

그럼 「자카란다의 사랑」의 '나(유진국)'는 '조명자'와 위장 결혼으로 미국에 간 후 어떻게 살아가고 있을까? 위조 여권으로 무사히 LA에 도착한 그는 다음날부터 페인트공인 중학 동창 '박경칠'을 따라 페인트 일터로 나간다. 그러나 '박경칠'이 6개월 동안 일만 시키고 품삯을 한 푼도 주지 않자, 그는 페인트 가게에서 만난 '김씨'와 함께 '박경칠'의 집을 나온다. 그 후 페인트 기술자로 인정받고 큰 회사의 하청을 맡으면서 그의 생활은 조금씩 안정되어 갔다.


나는 매일 새벽 6시에 명자의 집인 부에나팍에 가 있었다. 내가 사는 곳에서 삼십 분 거리에 있지만 2년 동안 단 하루도 거르지 않았다. 그녀의 집에 들어가서 십 분 만에 커피 한 잔만 들고 나오는 저릿저릿한 생활을 하였다. (중략) 이제 페인트 일도 기술자로 인정받고 큰 회사의 하청을 받아서 일을 하니까 수입도 조금씩 안정되어 갔다. 그렇게 일 년이 지나갔다. (중략) 결혼 서류로 이민국에 영주권 신청한 지 2년 하고도 3개월 되었을 때 인터뷰하러 오라는 통지서가 왔다.

(「자카란다의 사랑」)

그는 매일 새벽 6시 자기가 살고 있는 곳에서 30분 거리, 오렌지카운티(Orange County) 부에나팍(Buena Park)에 있는 '조명자'의 집에 가는 일을 2년 동안 하루도 거르지 않았다. 그리고 결혼 서류를 구비하여 이민국에 영주권을 신청한 지 2년 3개월 만에 인터뷰에 통과한다. 그런데 '독수리 사냥'에서 이기고 한국에 있는 사랑하는 사람 '서양순'을 초청하려는 바로 그 순간에, "서양순이 감전사고로 사망하였음. 2월 2일 오전 10시 시립병원에서 장례식"이라고 적힌 짧은 사연의 편지가 도착한다.

그러나 '서양순'의 죽음이라는 이 비극적 전환은 이미 예정된 것인지 모른다. 자카란다(Jacaranda)는 봄에 피는 꽃으로 우리나라 벚꽃과 비슷하다. 연분홍 벚꽃의 꽃말이 '봄의 설렘과 환희'라면, 보랏빛 자카란다의 꽃말은 '화사한 행복'이다. 자카란다는 색깔이 다른 벚꽃인 셈이다. 「자카란다의 사랑」에는 총 세 명의 '자카란다'가 등장한다. 그러니까 이 작품은 세 명의 '자카란다 이야기'가 뒤섞여 있다고 봐야 한다. 한 명은 이미 죽었고, 다른 두 명도 독자들은 쉽게 찾을 수 있다.

실제로 작품에는 '자카란다'라는 등장인물이 나온다. 세 번의 결혼으로 매퀸 박 챠우 춘자가 된 여자. 보라색을 좋아해서 영어 이름을 '자카란다'라고 지은 여자. 동두천에서 미군과 결혼하여 낳은 아들 토니로부터 버림받은 여자. 한국 남자 박씨를 만나 재혼했던 여자. 데킬라를 마시고 마리화나를 피우는 여자. 중국 남자와 헤어지고 '유진국'을 찾아온 여자. 이러한 사실 말고는 '자카란다'에 대해 알 수가 없다. 독자들은 각자의 추리능력으로 판단할 뿐이다. 그녀는 후에 '유진국'을 찾아가 함께 살자고 말하지만, 어느 시점에 그런 마음을 먹게 되었는지조차 알 수 없다.

　두 사람의 만남은 어떤 의미를 가지는가? 둘의 만남은 비행기에서 스치듯 한 번, 나이트클럽 레인보우에서 두 번 이루어진다. 첫 번째 만남은 의미가 없었고, 그 후의 만남에서는 '자카란다'의 신세한탄이 전부다. 그런데 그들은 어떻게 사랑을 하게 되었을까? '유진국'이 '자카란다'를 사랑한다는 흔적은 어디에도 없다. 그는 자기를 찾아온 '자카란다'를 받아주었을 뿐이다. 그렇다면 남은 것은 '자카란다'의 사랑인데, 안타깝게도 그 흔적 또한 어디에서도 찾을 수 없다. 그들의 만남은 미래를 알 수 없는 서로의 비참한 삶에 대한 위장일 뿐이다.

　마지막으로 '자카란다의 사랑'을 그 시절을 회상하게 하는 자카란다의 이미지로 본다면, 자카란다는 '조명자'일지 모른다. 위장 결혼 상대자인 '조명자'와 한국에서 같은 비행기를 타고 오면서 정이라도 들었던 것일까? 그녀는 비행기에서 내린 뒤 갈 생각을 안 하고 못내 아쉬운 듯, 며칠 뒤 꼭 연락을 달라며 전화번호를 건네준다.

연보라색 꽃잎들은 바람이 불 때마다 한들한들 나부끼며 가지에서 떨어졌다. 공항에서의 조명자 얼굴이 자꾸만 스쳐 지나갔다. 그녀는 헤어지는 것이 못내 아쉬운 듯 갈 생각을 안 하고 엉성하게 말끝을 흐렸었다. 그녀는 "며칠 뒤에 꼭 연락 주셔야 되요. 우리집은 부에나 팍이에요."라면서 내게 전화번호를 건네주었다. (「자카란다의 사랑」)

위장 결혼에 대한 계획은 한국에서 모두 이야기를 하고 온 상태일 텐데, '조명자'의 태도에는 사랑의 감정이 배어 있다. 왜 24세의 '유진국'은 연보라색 꽃잎을 볼 때마다 23세의 '조명자'의 얼굴을 떠올릴까? 그리고 작품의 말미에서 '서양순'이 죽고 나서 절망에 빠진 '유진국'이 이혼 서류에 사인을 해 달라고 요구하자, 그녀는 "꼭 그래야 하나요? 사랑은 움직이는 거예요"라고 말하며, '유진국'에 대해 사랑을 고백하는 듯한 태도를 취한다. 그 이유는 뭘까? 그린카드라고 불리는 영주권을 얻기 위해 함께 노력한 시간 때문일까? 오히려 이 말은 통속적으로 위장 결혼에

들어간 3만 달러의 비용이 아까워서도, '유진국'이 '조명자'에게
하는 편이 더 설득력이 있다고 본다. 만약 자카란다의 사랑이 모
두가 꿈꾸는 그러한 자유로운 욕망의 행위라면 이해될까? 독자
로서, 한 인간으로서, 필자는 동의할 수 있다.


## 4, 그들은 자신들의 삶에서 무엇을 발견하였나!

「자카란다의 사랑」 첫 대목은 "자카란다 꽃잎이 날리는 5월의
LA 도심은 보랏빛 향기가 그윽하게 퍼져간다"로 시작된다. 첫
문장부터 무척이나 화사하고 향기로움을 느낄 수 있다. 자카란다
라는 생소한 꽃나무의 이름이, 보랏빛 향기가, LA라는 도시가
그렇다. 윌셔-웨스턴(Wilshire-Western), 윌셔-킹슬리(Wilshire-
Kingsley), 성 바실 성당 광장(St. Basil Church Korean Catholic
Apostolate), 핸콕팍(Hancock Park)의 미라클 마일(Miracle Mile), 한
인타운 6가와 라브레아(La Brea)에서부터 알바라도 맥아더 공원
(Alvarado MacArthur Park)과 같은 이국의 이름들과 함께 자세한
묘사는 독자들에게 이민자와 같은 설렘을 주기에 충분하다.

윌셔-웨스턴, 윌셔-킹슬리, 성 바실 성당 광장에는 푸른 하늘보다

진한 보랏빛 자카란다(Jacaranda)나무의 은은한 향기가 아침 공기를 한층 더 싱그럽게 한다. 특히 코리아타운과 인접한 행콕팍의 미라클 마일 일대에서는 4월부터 자카란다 꽃이 피기 시작해 온 세상을 보랏빛으로 물들여 놓는다. 이곳은 거의 한달 동안 보라색 꽃 터널을 만들어 지나가는 이들과 운전자들을 즐겁게 해준다. 한인타운 6가와 라브레아에서부터 알바라도 맥아더 공원까지 흐드러지게 피어난, 자카란다 꽃은 높은 나뭇가지에 보랏빛 꽃이 포도송이처럼 탐스럽게 주렁주렁 피어나는 설렘과 환희를 넘어 그리움이 송이송이 매달려 있는 꽃이다. (『자카란다의 사랑』)

위에 열거된 아름답고 화려한 지역은 LA에 한정돼 있지만, 이런 공원과 상점들은 미국 대도시 어디에서도 쉽게 찾아볼 수 있다. 아메리칸 드림을 꿈꾸며, 미국 이민을 가려는 사람들은 누구나 저런 곳에서 살기를 바랄 것이다. 그러나 마음먹은 대로 잘 돌아가지 않는 곳이 현실이다. 지금은 미국이 심리적으로 아주 가까운 곳이 되었지만, 그러나 직항으로도 11~13시간을 꼬박 날아가야 도착할 수 있을 만큼 여전히 물리적 거리는 멀다.

'유진국'이 미국 생활을 회상하며, "LA에서의 미국 생활은 시작부터 우툴두툴한 거칠음이었다"고 이야기한 말 속에는 미국이민자들의 고달픈 삶이 압축적으로 녹아 있다. 이것은 인종의 도

가니 사회에서 이웃과 서로 연대하지 않고는 살 수 없다는 것을 역설적으로 드러낸다.

인간 사이의 갈등은 어쩔 수 없는 상황에서 시작된다. 어쩔 수 없이 함께 살다 보니, 마음이 가고, 사랑하게 되고, 또 미워지면 헤어지고 싶고, 다른 이들을 질투하게 되고…… 이 뻔한 사랑과 전쟁 같은 이야기가 만고의 진리인 이유는 아마 가장 인간적이기 때문일 것이다. 「자카란다의 사랑」에서 각각의 등장인물들은 이러한 사실을 잘 보여준다. '조명자'가 '유진국'을 떠나보내지 않으려고 머뭇거리는 것이나, '유진국'이 죽은 '서양순'을 마음속에서 지우지 못해서 괴로워하는 것이나, '자카란다'가 '유진국'을 찾아와 자신의 신세를 한탄하며 슬퍼하는 장면들은 사람은 어디에서건 연대하지 않고는 살 수 없다는 것을 단적으로 증명한다. 그들은 서로의 가슴을 보듬어주는 연대를 통해 '푸른 대륙에서 이제 마음 풀고 푹' 쉬고 싶은 것이다.

이러한 연대는 영어를 모국어처럼 할 수 없는 사람에게는 불가능하다는 것, 그런 사람은 소통맹이 되어 사회적 고립을 피할 수 없게 된다는 사실을 깨달은 후에야 가능하다. 「어디에 있든 무엇을 원하든」에 나오는 애리조나 유마 시의 '오리엔탈 기프트' 가게주인 은비녀 여자가 그런 경우다.

한국말을 잊어버릴까 봐 한국의 친정 오빠와 밤새워 통화도 했었지.

처음에 이곳에 왔을 때는 한국 사람이 하도 그리워서 색동저고리 한복을 입고 내가 사는 아파트를 하루 종일 빙빙 돌아다녔어. 멀리서라도 어떤 한국인이 색동저고리 입은거 보고 말 걸어올 수 있겠지 하고. (「어디에 있든 무엇을 원하든」)

이런 경우의 이민자들은 다른 타자를 만나지 않으면 자신이 정녕 누구인가를 잊어버릴지 모른다. 그래서 그들은 고국의 역사와 문화적 전통에 깊은 관심을 갖게 된다. 그들은 고향은 말할 것도 없고 한국적인 것들에 집착하고, 그것을 획득하여 계속 소유하려고 한다. 내가 한국인임을 알아달라고 색동 한복 차림으로 아파트 주변을 마구 돌아다니고, "한국어를 잊어버릴까 봐 한국의 친정 오빠와 밤새도록 통화"를 하고, 일부러 한복을 입고 손님을 맞이하는 은비녀 여자는 영락없는 1960년대 한국의 시골 아낙을 닮았다.

이러한 언어와 문화를 다른 동포들과 공유하려는 피눈물 나는 노력 속에서, 이민자들은 민족의 정체성을 잃지 않고 유지하고 있는 것이다. 이렇게 하여 "내 나라 물건을 팔고 있으니 애국자는 바로 나"라는 이민자들의 길 위의 서사가 만들어진다.

그렇다. 나는 그렇게 대답해주며 살았다. 나는 그들이 원하는 무엇이든 그곳이 어디든 가져갔다. 그리고 이제 몸이 지쳐 뉘일 곳을 찾아들었다. 이 낯선 아메리카의 어느 한 곳에서 나는 저물고 있다.

이곳에 머물며 저문 해를 바라보던 어느 날 문득, 나는 깨달았다.

— Anything you want. I go everywhere.

그곳이 어디든 무엇을 원하든, 내가 그들이 그리워하는 내 모국의 물건을 찾아들고 간 그곳이 바로, 그 옛날 아버지가 보부상으로 전국을 누비다 지쳐 돌아와 몸을 뉘일 때 바로 그 몸에서 나던 빛깔과 향기의 진원지였다는 것을. (「어디에 있든 무엇을 원하든」)

길 위에서 '나(미경)'가 자신의 삶도 황혼에 접어들고 있음을 느끼고, 그 옛날 아버지가 몸에 묻혀온 먼 곳의 바람과 흙과 술 냄새에 대해 생각한다. 아버지가 묻혀온 그것들의 빛깔과 향기는 내가 어렸을 때 가보지 못한 그 아득한 곳으로부터 비롯된 것들이다. 지금 생각해보면, 그 아득한 곳은 '나'가 "anything you want, I go everywhere"라고 외치며 찾아간 그런 공간들이었다. 이역만리 타국에서 살아온 내 삶의 근원이 바로 아버지와 함께 이미 시작되었다는 사실을 알아채는 것, 이것이야말로 삶의 신비가 아니겠는가?

그곳에서 자신에 대해, 나는 누구인가? 나의 뿌리는 무엇인가? 내 삶의 목적은 무엇이었나? 내가 살아온 삶은 어떤 모습인가? 질문하고, 그 질문에 응답하는 방식으로 자기가 태어난 고향에 대해 생각하고, 그럼으로써 마음의 고향은 조국이 된다. 이런 마음의 고향이 구체적인 모습으로 내 눈 앞에 출현한다면, 우리는 어떤 반응을 보일까?

저는 우리 아기 손목에 박힌 이 파란 점을 보면 신기하다 못해 신비스러워요. 손목의 점이 시댁 유전이래요. 아기 아빠 손목에도 파란 점이 있거든요. 어떻게 이런 콩알만 한 점이 할아버지의 손목에도 아버지의 손목에도 아들의 손목에도 생겨날까요. 이 파란 점을 보고 있으면 어느 누구도 끊을 수 없는 단단한 핏줄이 느껴져요. (「천사의 도시」)

작가가 짜놓은 퍼즐이 풀리듯, 소설 속 어떤 등장인물도 알지 못하던 '나'와 '수민' 사이에 가로놓여 있는 혈연의 비밀이 급기야 모습을 드러내는 극적 순간이다. 이 말에 충격을 받은 "내 마음속으로 묵직하고 습한 무엇가가 툭 떨어"지고, "동시에 내 몸이 휘청거린다" 아기 손목의 '파란 점'이 시댁의 유전이라는 생물학적 사실 앞에, "수민과 이어진 끈에는 향긋하면서도 알싸한 냄새가 묻어 있었"고, "여느 산모와는 달리 수민은 까마득히 멀어진 시간 속으로 나를 이끌었"던 그 '묘한 이끌림'의 비밀이 밝혀진 것이다.

　아무것도 모르는 '수민'은 말을 잇는다. "아기를 낳고 보니까 자기를 열 달 동안 품고 있던 엄마의 얼굴도 이름도 모르는 남편이 더 안쓰러워요" 이 말을 끝으로 서사적 화자는 더 이상 이야기를 전개하지 않는다. 서사적 화자의 시선은 작품의 서두에서처럼 다시 저 팜츄리 나무 아래에서 살아가는 사람들의 공간으로 향한다.

　　백인, 흑인, 황인종…… 유럽계, 히스패닉, 중국계, 한국계, 베트남계…… 스포츠 선수, 영화배우, 유학생, 관광객, 불법체류자, 노숙자, 원정 출산자…… 이들은 긴 가뭄과 갑작스런 겨울비, 넘치는 사람과 광활한 자연, 빈곤과 풍요, "Goddam!"과 "Why not?"이 서로 공존하는 이곳에서 혼돈에 빠져든다. 나도 여전히 그 혼돈 속에 있다. 긴 여름과 짧은 겨울 속에서 새 생명의 울음소리가 메아리치고, 건조한 땅에서 평생 땀을 흘리다 꽃이나 바람이 되는 곳, 사람들은 이곳을 천사의 도시라 부른다. (「천사의 도시」)

　현실 속에서 '나'는 아직도 '혼돈' 속에서 살고 있다. 그러나 '나'는 이제 아기에게 엄마 노릇을 못한 과거의 거세된 주체가 아닌, 자기 속의 타자를 포용하는 충만한 주체로 성숙한 걸까?

해설

---

221

또는 타인의 시간이 아닌 자신의 시간 속에서 스스로를 타자의 위치로 끌어올리며, 보다 성숙한 세계 시민이 되어가고 있는 걸까? 모든 사람들이 함께 머무는 땅, "긴 여름과 짧은 겨울 속에서 새 생명의 울음소리가 메아리치고, 건조한 땅에서 평생 땀을 흘리다 꽃이나 바람이 되는 곳, 사람들은 이곳을 천사의 도시라 부른다."

작가는 첫 소설집 『어디에 있든 무엇을 원하든』을 출간한 이후, 더욱 더 도전적인 삶을 살기 위해 스스로에게 다시 되물어야 한다. 소설 쓰기란 무엇인가? 소설은 왜 쓰는가? 소설을 어떻게 쓸 것인가? 그렇게 하여 작가는, 생물학적 혈연에서부터 인류의 문화적 차원에 이르기까지, 스스로의 서사적 전략 속에서, 끈질긴 생명력으로 살아가는 사람들에게 타자로서의 자기 자신을 발견하는 세계시민적 주체로 거듭나야 한다.

# 어디에 있든 무엇을 원하든

1쇄 발행일 | 2018년 11월 20일

지은이 | 홍영옥
펴낸이 | 정화숙
펴낸곳 | 개미

출판등록 | 제313－2001－61호 1992. 2. 18
주소 | (04175) 서울시 마포구 마포대로 12, B-108호(마포동, 한신빌딩)
전화 | (02)704－2546
팩스 | (02)714－2365
E-mail | lily12140@hanmail.net

ⓒ 홍영옥, 2018
ISBN 978－89－94459－98－1 03810

값 15,000원

잘못된 책은 바꾸어 드립니다.
무단 전재 및 무단 복제를 금합니다.